文学
的
读法

How to
Read
Literature

海峡出版发行集团
海峡文艺出版社

后浪

［英］特里·伊格尔顿 （著） by Terry Eagleton

吴文权 译

图书在版编目（CIP）数据

文学的读法 /（英）特里·伊格尔顿著；吴文权译.–
福州：海峡文艺出版社，2021.9（2022.1重印）
ISBN 978-7-5550-2600-6

Ⅰ.①文… Ⅱ.①特… ②吴… Ⅲ.①文学评论—基
本知识 Ⅳ.①I06

中国版本图书馆CIP数据核字（2021）第148842号

How to Read Literature by Terry Eagleton
©2013 by Yale University
Originally published by Yale University Press
本中文简体版版权归属于银杏树下（北京）图书有限责任公司。
著作权合同权登记号：13-2021-040号

文学的读法

[英] 特里·伊格尔顿 著　吴文权 译

出　　版：海峡文艺出版社
出 版 人：林　滨
责任编辑：陈　瑾
编辑助理：卢丽平
地　　址：福州市东水路76号14层 邮编350001
电　　话：（0591）87536797（发行部）
发　　行：后浪出版咨询（北京）有限责任公司

选题策划：后浪出版公司
出版统筹：吴兴元
编辑统筹：朱　岳　梅天明
特约编辑：赵　波
营销推广：ONEBOOK
装帧制造：墨白空间·黄怡祯

印　　刷：华睿林（天津）印刷有限公司
经　　销：新华书店
开　　本：880毫米×1092毫米 1/32
印　　张：8.75
字　　数：161千字
版次印次：2021年9月第1版　2022年1月第3次印刷
书　　号：ISBN 978-7-5550-2600-6
定　　价：68.00元

纪念
阿德里安·坎宁安
及安吉拉·坎宁安

目　录

前　言

　　文学作品分析这门艺术，一如木鞋舞[1]，已尽显疲态。尼采称为"慢读"的悠久传统，正面临悄然没落的危险。本书将紧扣文学形式与技巧，为挽回这一颓势尽绵薄之力。笔者的初衷，是撰写一本入门指南，不过也希望，对从事文学研究的学人，抑或闲来翻看诗歌、戏剧、小说的读者，本书亦不无裨益。就叙事、情节、人物、文学语言、虚构作品的本质、批评性阐释、读者的作用、价值判断等问题，笔者力图给予一定的回答。为满足部分读者的需求，本书亦就某些作家及文学思潮如古典主义、浪漫主义、现代主义、现实主义提出了一己之见解。

　　我想，在世人眼中，我的首要身份，是文学理论家和政治批评家。因此，有读者也许会问，这两方面的兴趣在本书中怎会没有体现。窃以为，若要针对文学文本提出政治或理论问题，则需对文学语言有一定敏感。我所要做的，是为读者和学生提供几种批评行

1　木鞋舞（Clog dancing）：爱尔兰传统舞蹈。（除特殊说明外，皆为译注。）

当的必备工具，舍此，他们将无法继续深入下去。希望我的工作能让读者体味批评分析中的乐趣，从而进一步证明，分析并非享受的死敌。

特里·伊格尔顿

第一章　开头

　　试想研讨课上，一群学生围桌而坐，正讨论艾米
丽·勃朗特的小说《呼啸山庄》，而你则列席旁听。他
们的谈话大约如下：

学生甲：我倒不觉得，凯瑟琳与希斯克利夫的爱
　　　　情有什么了不得。就是俩熊孩子，成天
　　　　就知道吵架拌嘴。

学生乙：嗯，那根本不是什么爱情，对吧？更像
　　　　是个体与个体的神秘结合。没法用平常
　　　　的话说清楚。

学生丙：怎么就说不清楚？希斯克利夫没什么神
　　　　秘的，他就是个粗人。那家伙可不是什
　　　　么拜伦式英雄，满肚子都是坏水。

学生乙：行，可是谁把他搞成那样的？自然是山
　　　　庄那帮人。他小时候是个挺好的孩子。
　　　　可那帮人觉得他配不上凯瑟琳，这才把
　　　　他变成了魔鬼。至少他比埃德加·林顿
　　　　强，那人就是个窝囊废。

学生甲：没错，林顿的骨头是有点软，可他对凯瑟琳很好啊，比希斯克利夫可好太多了。

这段讨论有何不妥吗？有些观点还颇具见地。每人似乎都不止读了五页。没有哪个人把希斯克利夫误作堪萨斯州的某座小镇。问题是，若有不知道《呼啸山庄》的人听到这番话，兴许根本听不出谈的是本小说，还以为学生们正在聊些怪朋友的八卦。也许，凯瑟琳是商学院的学生，埃德加·林顿是文学院院长，而希斯克利夫是个变态的门房。这部小说塑造人物的技巧却无人提及。没人问该书对这些人物持何种态度。它对人物的臧否是始终如一呢，还是摇摆不定？小说的意象运用、象征手法、叙事结构又是怎样的呢？它们是加强了还是削弱了读者对人物的感知？

当然，随着讨论的深入，听者也会渐渐明白，学生们研讨的是本小说。有些时候，文评家对诗歌小说的讨论与日常聊天很难区分开来。这并不是什么了不得的问题。可如今，却已成为一个太过普遍的现象。文学研习者最常见的谬误，是直奔诗歌或小说的内容而去，将表达内容的方式抛在一边。这种阅读方式搁置了作品的"文学性"，即面前摆的是一首诗、一部剧或一篇小说，而不是内布拉斯加水土流失报告。文学作品不仅是报告，也是修辞文本。它要求读者阅读时特别精心，对诸如语气、氛围、步调、体裁、句法、语法、韵味、节奏、叙事结构、标点符号、意义暧昧等统称为"形式"的元素，要分外留意。当然，以"文学"的眼光去阅读内布拉斯加水土流失报告总是可以的，只要紧盯着语言的运作方式就行。对某些文论家而言，该方式足以将这份报告变成文学作品，只不过无法跟《李尔王》相提并论。

说到一部作品的"文学性"，少不了要从表达方式来看所表达的内容。在这类写作中，内容与表达内容的语言密不可分。语言构成了现实或经验，而不仅仅是传达现实或经验的工具。比如路牌上写着"道路施工：未来二十三年通过拉姆斯博顿支路会极其耗时"。此例中，语言仅是内容的载体，而内容可以有多种表达手段。当地政府若能不拘一格，甚至可以采用韵文形式。如果该支路会修多久政府心里也没底，那么总可以拿"何时路修好"与"老天才知道"来押韵。与之相反，除非将"腐烂的百合远逊野草的芬芳"[1]这行诗彻底毁掉，否则若想换种表达比登天还难。我们之所以称其为诗，此乃原因之一。

我们说应当从文学作品的写法来审视其内容，并不是说二者总是若合符节。例如，可以用弥尔顿式的无韵体描述一只田鼠的生平，或者用严整紧凑的格律书写对自由的渴求。此二例中，形式、内容相互抵牾，颇为有趣。在《动物农场》中，乔治·奥威尔借貌似

1　原文为 Lilies that fester smell far worse than weeds，出自莎士比亚十四行诗第 94 首。此句梁实秋先生译为"烂的白百合花比莠草的味道更坏"；曹明伦先生的则是"百合花一旦腐烂比衰草还臭"；屠岸先生译作"发霉百合远不如野草芳香"；梁宗岱先生的版本是"烂百合花比野草更臭得难受"。

简单的农场动物寓言，影射了俄国革命的复杂历史。凡碰到此类情况，评论家喜欢指出形式与内容间的张力，将二者的出入看作作品意义的一部分。

4　　方才我们听到，几个学生讨论《呼啸山庄》时各执己见，这便引发了一系列问题。严格来说，它们更应该属于文学理论而不是文学批评的范畴。文本阐释涉及哪些方面？阐释方法有无对错之分？能否证明阐释 A 优于阐释 B？是否一部小说的最佳阐释尚未出现，或者永不会出现？会不会学生甲与学生乙对希斯克利夫的看法即便针锋相对，却都算得上正确？

或许，桌边几位学生认真思考过这些问题，但如今，多数学生则不然。对后者而言，阅读并不是什么复杂的事儿。他们没有意识到，单是"希斯克利夫"这个名字，就有着丰富的内涵。毕竟，某种意义上，希斯克利夫并不存在；因而，当他真有其人，大谈一番，就显得甚是奇怪。也的确有文学理论家认为文学人物真实存在。其中一位相信，星际飞船"企业号"确有隔热盾。另一位认为，福尔摩斯是有血有肉的真人。还有一位声称，狄更斯笔下的匹克威克先生确乎存在，我们虽然看不见他，其仆人山姆·威勒却是可以的。上述几位并非神经错乱，他们就是些个哲学家。

学生们并未注意到，在其争论与该小说之结构间存在着一种关联。《呼啸山庄》的叙事包含多个视角，没有"画外音"或某个可靠叙述者左右着读者的反应。相反，读者面对的是一系列描述，有些也许比其他的更可靠，它们你中有我、我中有你，颇似中国套盒。该书中微型叙事相互交织，却没有告诉读者，该如何看待书中刻画的人物与描述的事件。至于希斯克利夫是英雄还是恶魔，丁耐莉为人精明还是愚蠢，凯瑟琳·恩萧是悲情女主角还是被宠坏了的疯丫头，它并不急于揭开谜底。如此这般，读者便难于对这故事做出确定的评价，而杂乱无章的叙事时间进一步增加了评价的难度。

我们不妨将这种称为"复杂关照"（complex seeing）的模式与艾米丽的姐姐夏洛蒂的小说做个对比。夏洛蒂的《简·爱》只有女主人公本人一个叙述视角，她说什么读者就得信什么。书中没哪个人物获准拿出自己的版本，对其叙述提出严肃的挑战。读者也会心存疑虑：简嘴里的故事是不是也会夹带私心，或者偶尔略带恶意。但小说本身似乎并不认账。

相反，在《呼啸山庄》中，人物以偏概全、有失公允的叙述，都内筑于故事结构之中。小说一开始就提醒道，主要叙述者洛克伍德绝非那类绝顶聪明的欧洲人，而随着故事渐渐展开，读者也逐渐认识到这点。许多时候，对于身边发生的诡异事件，他只能将将摸着个边儿。丁耐莉是个戴着有色眼镜的叙述者，不停地对希斯克利夫捅刀子，对她的说法要有所保留，不能全信。同样一件事情，从呼啸山庄的角度看是一回事儿，从邻近的画眉山庄看，便迥然不同。可是，即便这对视角相互抵牾，却都不无道理。希斯克利夫既是残暴的施虐狂，也是受虐的流放者。凯瑟琳既是任性妄为的孩子，也是追求自我完善的女性。小说并未请读者做出选择。相反，它任由两种相悖的事实并存于读者意识当中，以营造紧张效果。这并不意味着读者注定要于二者间选择一条明智的中间道路。中间道路在悲剧中显然少之又少。

因此，要紧的是不要混淆虚构与现实，而桌边的学生似乎正陷入这种危险。莎翁《暴风雨》的主人公普洛斯彼罗在剧终时走到台前，告诫观众不要犯这类错误；但他的一番话似乎是在说，混淆艺术与现实，会削弱艺术之于现实的力量：

> 现在我已把我的魔法尽行抛弃，
> 剩余微弱的力量都属于我自己；
> 横在我面前的分明有两条道路，
> 不是终身被符箓把我在此幽锢，
> 便是凭借你们的力量重返故郭。
> 既然我现今已把我的旧权重握，
> 饶恕了迫害我的仇人，请再不要
> 把我永远锢闭在这寂寞的荒岛！
> 求你们解脱了我灵魂上的系锁，
> 赖着你们善意殷勤的鼓掌相助。[1]

1　朱生豪译：《暴风雨》，《莎士比亚全集》，第一卷，北京：人民文学出版社，1994年，第85页，第五幕收场诗。

Now my charms are all o'erthrown,

And what strength I have's mine own,

Which is most faint. Now,'tis true,

I must be here confined by you,

Or sent to Naples. Let me not,

Since I have my dukedom got

And pardoned the deceiver, dwell

In this bare island by your spell,

But release me from my bands

With the help of your good hands.

　　普洛斯彼罗的目的是要观众鼓掌。这也是"赖着你们善意殷勤的鼓掌相助"的一层意思。鼓掌意味着，观众承认他们看到的纯是虚构。若认识不到这点，他们和台上的人物便似乎会永远囚困于戏剧幻象之中。演员将无法退场，观众也会僵坐不动。正因为此，普洛斯彼罗才谈到，他有被"符箓"囚禁于荒岛的危险，意思是观众对享受到的幻象不肯放手。相反，他们必须以掌声来解救他，仿佛他给牢牢捆在观众想象的虚域中，不能动弹分毫。观众若是这样做了，就等于承认这不过是一出戏；若不这么承认，戏剧就不能达到真实效果。观众除非鼓掌离开，回到现实世界中，不然便无法将戏剧的启示加以利用。符箓必须打破，否则魔法不会起效。事实上，彼时之人笃信符箓必得噪音方能打破，这便是普洛斯彼罗呼吁观众鼓掌的另一层意思。

＊　　＊　　＊

想研习文学批评之道，别的且不论，习得某些技巧是必不可少的。文评技巧一如潜水、吹长号等诸多技能，都是在实践中练就的，纸上谈兵没多大用。每样技巧都要求仔细关注语言，拿出比看菜谱和洗衣单更认真的劲头来。因此，在本章中，笔者将拿出某些著名作品的首行或首句，为读者诸君提供文学分析的实操案例。

首先说说文学作品的开头。文学作品的结尾具有绝对性，也就是说，普洛斯彼罗一旦消失，便永远消失了。追问他是否回归自己的公国是没有意义的，因为剧本的末行完结时，他的存在也便戛然而止。在某种意义上，文学作品的开头也具有绝对性。但这一点并不是任何情况下都确凿无疑。文学作品的开头几乎都用到前人无数次用过的词语，所不同的，也许只是语汇的次序。之所以能够把握起始句的意义，是因为有某种文化参照系主导着读者的阅读行为。我们读到这些句子时，对文学作品已有大致概念，也明白开头意味着什么，情况大抵如此。照这样看，文学作品的开头从未绝对过。一切阅读行为都需要大量前期铺垫。要读懂一个文本，很多东西先必须就绪到位。其中，就有对前人文学作品的了解。即便是出于无意识，每部作品都在回顾前人的著作。然而，一首诗或一部小说的开头，似乎是从某种静默中一跃而出的，因为它呈现出的，是一个从未存在过的虚构世界。也许某些浪漫主义艺术家所言不谬，这是人类最接近创世的行为，区别仅在于，世界已经开辟，我们别无选择，而凯瑟琳·库克森[1]的书我们想扔就可以扔掉。

我们先看看二十世纪最著名的小说之一，E. M. 福斯特的《印度之行》，它的开头是这样的：

> 除了二十英里外的马拉巴石窟，昌德拉布尔城着实乏善足陈。恒河与其说是激流奔涌，不如说是缓缓淌过。城市沿着河岸延伸数英里，而随意丢弃的垃圾将它弄得面目难辨。河边没有供人沐浴的台阶，因为这段恒河恰好算不上神圣；事实上，本地的街市挤满了河岸，把宽阔且变幻的河景遮了个严严实实。城内街道鄙陋，寺庙清冷，虽有几幢宅邸颇为可观，不过不是隐在花木掩映中，就是藏在深深陋巷里，除非是应邀前来的访客，否则巷内的污物不免让人望而却步。

> *Except for the Marabar Caves - and they are twenty miles off - the city of Chandrapore presents nothing extraordinary. Edged rather than washed by the river Ganges, it trails for a couple of miles along*

1　Catherine Cookson (1906-1998)：英国畅销书作家。

the bank, scarcely distinguishable from the rubbish it deposits so freely. There are no bathing-steps on the river front, as the Ganges happens not to be holy here; indeed there is no river front, and bazaars shut out the wide and shifting panorama of the stream. The streets are mean, the temples ineffective, and though a few fine houses exist they are hidden away in gardens or down alleys whose filth deters all but the invited guest...

9　　许多小说的开头，都呈现出精心设计的感觉；作者清清喉咙，郑重其事地摆下场子。作家在小说首章开端处往往最卖力，会使出浑身解数，只盼着抓住善变的读者，为达目的偶尔也会损招迭出。可即便如此，也必须注重分寸，特别是福斯特这种有教养的英国中产阶级，尤其看重含蓄委婉的作风。或许这至少可以说明，这个开头为何用了娓娓道来的方式（"除了二十英里外的马拉巴石窟"），而非喧闹刺耳的文字号角。它悄没声地打侧面潜入主题，而不是单刀直入、开门见山。若改做"昌德拉布尔是座乏善足陈的小城，除了二十英里外的马拉巴石窟"，不免会显得太过鄙俗。原文的句法优雅而含蓄，改动后其沉稳自若的风格便会遭到破坏。这段文字结构精妙、笔法老到，却又谦恭内敛，绝不将自己强加于人。字里行间毫无"美文"的痕迹，或者说，毫无所谓"华丽"（即过度修饰）的文笔。作者的眼睛紧盯着客体，无暇放纵自己的文字。

这部小说的前两个从句（Except for the Marabar Caves-and they are twenty miles off-）将该句主语（"昌德拉布尔城"）两度推延，使读者的期待渐渐急迫，直到最终抵达这个词语。然而，之所以挑起读者的期待，就是为了将之浇灭，因为叙述者告诉我们，这座城市一无可观。确切地说，他告诉我们除了岩洞外，这城市一无可观，可那岩洞并不在城内啊，这话岂不是古怪。我们还得知，河边没有供人沐浴的台阶，可那里全都给市集占满，哪儿还有什么河边呢。

首句的四个词组节奏鲜明、结构均衡，几乎算得上是韵文了。实际上，它们可读成三步格，即每行有三个重音的诗句：

Except for the Marabar Caves

And they are twenty miles off

The city of Chandrapore

Presents nothing extraordinary

同样精微的均衡也出现在"与其说是激流奔涌，不如说是缓缓淌过"（Edged rather than washed）中，但不免有些过于讲究。这位作家虽然目光犀利，却也不动声色地保持着距离。秉承传统的英伦风格，他拒绝热情澎湃，心中波澜不惊（这城市"乏善足陈"）。"陈"（present）这个词干系重大，令昌德拉布尔听上

去像供人观赏的表演，而非居家之地。"乏善足陈"的
对象是谁呢？答案自然是游客啦。这段话的语气颇似
一本自以为是的旅行指南，略带傲慢、稍嫌讲究，一
副过来人的口吻。它吞吞吐吐、欲言又止，其实就想
说，这座城市是个垃圾场。

在这部小说中，读者清楚地看到，语气是态度的
重要标志。摩尔夫人是位刚刚抵达印度殖民地的英国
女人，对当地英国人的文化习俗不甚了解。她跟满脑
子帝国思想的儿子罗尼说，自己在神庙里碰到一位年
轻的印度医生。一开始，罗尼并未意识到，她说的是
个"当地人"，可一旦明白了，便立刻感到不悦，满腹
狐疑地自问道："她怎么会用这种语气呢？根本听不出
说的是个印度人。"

11　　　说到首段的语气，别的且不论，读者也许会注
意到短语"恰好算不上神圣"（happens not to be holy
here）中的三个头韵；它们小跑着从舌尖落下，显得
过于油腔滑调，代表了一位世故而多疑的外国人对印
度宗教信仰的讥讽。头韵暗示着"精巧"，谨慎地表达
了对文字艺术的喜爱，也拉开了叙述者与这个穷困城
市的距离。下面这个片段的效果颇近似之："城内街道
鄙陋，寺庙清冷，虽有几幢宅邸颇为可观……"（The
streets are mean, the temples ineffective, and though a
few fine houses exists...）。此处句法稍嫌刻意，显然是
在营造"文学"效果。

到目前为止，这段描述成功地与这破烂的印度城

市保持了距离，又没有显得高高在上，令人生厌。然而，用"清冷"来描写神庙，几乎就是在故意透自己的底。虽然不显山不露水地藏在从句里，读者却觉得脸上仿佛给轻掴了一掌。这个词让人觉着，神庙不是给居民朝拜的，而是让游客开心的。"清冷"意味着，对有着艺术修养的游客它们毫无价值。这个形容词让神庙听起来像是瘪瘪的轮胎，或者破烂的收音机。事实上，它刻意营造这种效果，令太过老实的读者不禁发问，会不会它本来就是个反讽。叙述者该不会是讽刺自己傲慢的做派吧？

这位叙述者不一定就是历史上的福斯特。显然，他对印度的了解不止泛泛，绝不是刚刚下得轮船。例如，他晓得恒河有些河段是神圣的，有些却不是。也许他暗暗将昌德拉布尔与次大陆的其他城市相比较。这段节选略微透着些倦怠，似乎叙述者对这个国家太过了解，很难再有什么能激起他的兴趣。也许，这段话旨在打消人们对印度的浪漫想象，驱散其异国情调，揭开其神秘面纱。书名《印度之行》也许激起了西方读者的期待，但接下来，小说却在最开始不怀好意地将这些期待一一颠覆。或许这寥寥数行正静静地欣赏着自己对上述读者的影响：他们盼望的是神秘之异域，看到的却是污秽与垃圾。

说到污秽，为何除了受邀的宾客，其余人都被肮脏的小巷挡住去路，无法接近那些颇为可观的宅邸？很可能因为受邀者不同于闲逛的游客，除了穿过那些巷子，他们别无选择。这场景有些可笑：正是那些最具特权的人，那些受邀去宅邸的幸运儿，不得不在烂泥中跋涉而过。说这些宾客不为垃圾所惧，便让人觉得他们勇敢无畏，值得嘉许，而事实上，让他们硬着头皮向前的，无非是通常的礼数，或是一顿丰盛的晚餐。

若说叙述者不动声色是因为见得太多，首段的语气或许也透出这个意思。那么有趣的是，两种相反的感觉并存于此：深刻的了解与傲慢的疏离。叙述者或许觉得，他对印度的总体经验，印证了他对这个城市的偏见，而刚从英国来的人，不大能做到这点。他看昌德拉布尔城，采用的是全景关照，而不是特写镜头，这就决定了二者之间的距离。我们亦注意到，吸引叙述者眼睛的，不是居民，而是城市的建筑物。

这部小说最初发表于 1924 年，当时印度仍处于英国殖民统治之下。在如今的读者眼里，我选的这个片段可能显得倨傲无礼，令人生厌。因此，若得知福斯特对帝国主义持强硬的批判态度，人们也许会颇感惊讶。事实上，他是那个时代最负盛名的自由思想家之一，而与今天相比，自由主义在当时更为匮乏。总体而言，该小说对帝国主义统治的态度比较暧昧，但也有大量内容令帝国的拥趸们明显感到不适。福斯特本人曾在埃及亚历山大港为红十字会工作了三年，其间与一位贫穷的火车售票员有染，而那人后来遭英国殖民当局非法监禁。福斯特公开谴责英国势力在埃及的行径，痛恨温斯顿·丘吉尔，憎恶形形色色的民族主义，大声为伊斯兰世界鼓与呼。这一切都说明，作家与作品间的关系，要比我们想象的更为复杂。此问题我们后续再议。这段文字的叙述者表达的，也许全是福斯特的观点，也许只是一部分，也许一点都没有。我们实在无从得知，而且这也无关紧要。

这段话里蕴含着一个巨大的反讽，只有继续读下去才能识其真容。小说以否定的姿态开篇，而且立刻得到了验证：除了马拉巴石窟，昌德拉布尔乏善足陈。那么马拉巴石窟一定是非同凡响的；不过，告诉我们这点的，却是一个轻描淡写的从句，其重要性也便为这样的句法安排削弱了。该句的重点落在"昌德拉布尔城着实乏善足陈"，而非"除了马拉巴石窟"之上。石窟比城市更具魅力，可句法表明的却恰恰相反。这数行文字另有一个功能，那就是激起我们的好奇心，只为了将之浇灭。叙述者刚一提到石窟，便匆忙将它收走，就是为了吊起我们的胃口。这也再次印证了此段话的一贯作风：不动声色、剑走偏锋。若对当地的景点过于热情，失了分寸，那便大煞风景了。于是，对于石窟的重要性，该段并未直接点明，而是以守为攻、迂回侧击。

马拉巴石窟真的非同寻常，还是不过尔尔？这个含糊不清的问题成为《印度之行》的核心。小说开篇处，这核心便以反讽甚至是调侃的姿态隐隐呈现，只是读者尚无可能意识到这些。文学作品知道的"事

14

情"，读者往往一无所知，或者尚未得知，抑或永不可知。谁也不会知道，在亨利·詹姆斯的小说《鸽翼》结尾处，米莉·锡尔致默顿·丹舍尔的那封信写了些什么，因为另一个人物没等我们弄明白，就把它烧掉了。也许可以说，亨利·詹姆斯本人也不清楚信的内容。莎翁让麦克白提醒班柯，参加他举办的宴会，后者也答应赏光，可剧本心里清楚，班柯到场是会到场，只不过来的是他的鬼魂，因为麦克白在宴会前已经将他谋害了，然而观众却整个蒙在鼓里。在这里，莎翁跟观众开了个小小的玩笑。

　　某种意义上，正如小说开头那段文字所暗示的，马拉巴石窟非常重要。它是小说中心事件发生的场所。可是，所谓中心事件也许根本不存在。很难断定石窟中是否发生过什么。对此，小说中存在不同的看法。石窟原本就是空的，所以说马拉巴石窟居于小说的核心，就等于说小说的核心处空无一物。与福斯特同时代的许多现代派作品一样，这部书的主题似乎模糊不定、难以捉摸。它的中心是缺失的。即便作品核心处的确存在真相，也似乎难以确切把握。所以，小说首句成为全书的缩影。它在强调石窟重要性的同时，又借句法安排贬低其重要性，而贬低它也是为了抬高它。如此这般，它预示了石窟在故事中模棱两可的作用。

15

　　　　　　　＊　＊　＊

　　我们现在暂且从小说转向戏剧。《麦克白》的第一场是这样的：

　　　　女巫甲：何时姊妹再相逢？

　　　　　　　　轰雷、闪电、雨蒙蒙？

　　　　女巫乙：且等喧嚷尘埃定，

　　　　　　　　兵戈已歇见输赢。

　　　　女巫丙：那须等到日落前。

　　　　女巫甲：何处相逢？

　　　　女巫乙：在荒原。

　　　　女巫丙：共同去见麦克白。

　　　　女巫甲：我来了，狸猫精。

　　　　女巫乙：癞蛤蟆叫我了。

　　　　女巫丙：来也！

　　　　三女巫：（合）美即丑恶丑即美，

　　　　　　　　翱翔毒雾妖云里。[1]

　　　　1st Witch: When shall we three meet again?

　　　　　　　　　In thunder, lightning, or in rain?

　　　　2nd Witch: When the hurly-burly's done,

　　　　　　　　　When the battle's lost and won.

　　　　3rd Witch: That will be ere the set of sun.

　　　　1st Witch: Where the place?

1　朱生豪译：《麦克白》,《莎士比亚全集》，第五卷，北京：人民文学出版社，1994年，第195-196页。为了后面的解释，译文有所改动。

2nd Witch: Upon the heath.

3rd Witch: There to meet with Macbeth.

1st Witch: I come, Graymalkin!

2nd Witch: Paddock calls.

3rd Witch: Anon.

ALL: Fair is foul, and foul is fair:

　　　Hover through the fog and filthy air.

　　这十三行文字提出了三个疑问，其中两个在最前面。所以说，这部剧是以疑问的口吻拉开帷幕的。事实上，《麦克白》整部剧都充满了疑问，有时甚至是对疑问的疑问，从而营造出焦虑、无措、多疑的氛围。提问是为了得到确切的回答，然而在这部剧中却往往不能如愿，女巫的问题尤其如此。这几个丑老太满脸胡须，就连她们的性别都难以辨明。虽然她们统共三个，行动起来却宛如一人；这种对三位一体骇人听闻的戏仿，令观众难以确定她们的人数。"轰雷、闪电、雨蒙蒙？"也包含三种事物，不过批评家弗兰克·克默德指出，在这行诗中，三种天气现象均独立存在（三者间的逗号表明这点），令人匪夷所思；通常它们会在暴风雨中同时出现。因此，在这里计数也成了问题。

　　提问追求的是确定性，是清晰的区分，而三女巫却将所有确定的真相混为一谈。她们歪曲定义，将对立的两极倒转，因此就有了"美即丑恶丑即美"的宣言。再说"喧嚷"（hurly-burly）一词，是描绘任何喧闹纷乱之事的。"喧"（hurly）与"嚷"（burly）听起来差相仿佛，却并不相同，所以这个复合词（hurly-burly）包含了差异与一致的互动。这也反映在女巫非圣的三位一体中。"兵戈已歇见输赢"亦同此理。这句话大概是说"一军败北一军胜"（When the battle's lost and won），但或许也在暗示，对这样的军事行动而言，胜利实质上也是失败。将数以千计的敌军士兵砍杀屠戮，又算得什么胜利呢？

　　胜败是相对的两极，但二者间的"and"（专业术语称为"系词"）却将它们置于同一层面上，因而听上去难分彼此，我们也就再一次面对同一与他性。我们的头脑似乎受迫，必须牢记事物既是自身又是他者这一矛盾。最终，在麦克白眼中，这便是人之存在的真实写照：貌似充满活力、积极向上，实则镜花水月、空幻虚妄。它是"一个愚人所讲的故事，充满着喧哗和骚动，却找不到一点意义"。[1]他断言道，无意义便是对存在的否定[2]。无意义与意义仅一线之隔，前者及二者之关系，是莎翁戏剧的一个核心主题。在世界文学史上，还极少有人这般孜孜以求地表现无意义状态[3]。

1　朱生豪译：《麦克白》，《莎士比亚全集》，第五卷，北京：人民文学出版社，1994年，第273页。

2　原文是 *Nothing is but what is not*，出自《麦克白》第一幕第三场。朱生豪先生译为"把虚无的幻影认为真实了"；梁实秋先生译为"完全被空虚的妄想所支配"；卞之琳先生译为"只见虚幻不见真"。此处译文未直接采用任何一家之译法，为的是文句和意思的前后连贯。

3　原文借用了莎翁剧本《无事生非》的题目 *Much Ado about Nothing*，但这里不便直接引用。

接下来，三女巫将会变身预言家，能够预测未来。这点也许在开篇的诗行中已经清晰可见，因为女巫乙宣称三人将在战斗结束后重逢。然而，这或许与先见毫无关系；或许她们早已约好那个时间碰头，而女巫甲的问题只是为了提个醒儿。女巫丙说战事将在日落前尘埃落定，可这也不一定需要先知先觉的能力。战斗一般都会在日落前结束。跟看不见的敌人作战，实在没多大意义。麦克白后来称女巫们为怪异三姐妹，而读者也许盼着这三人能预测战事的结局，但她们并未令人如愿。"胜与负"（lost and won）是几乎一切战事的真实写照；她们算得上是老谋深算了，怎么说都不会错。因此，这几个女人到底有没有预言什么，还真说不清。麦克白付出了代价后才发现，她们的预言殊不可信。她们预测未来的言辞，充斥着悖论与含混，可话又说回来，她们是否在预测未来，也是个充满悖论与含混的问题。文学专业的学生都知道，含混令意义丰富，可剧中的主角会发现，含混也足以致命。

接下来说说上帝。《圣经》首句如下："起初神创造天地"（In the beginning, God created the heavens and the earth）。这个开头属于世界上最著名的典籍，气韵恢宏，朴拙而威严。"起初"自然指的是世界的开端。从语法上讲，也可以把它读作上帝本身的初始，意思是说，创造世界是他干的头一桩事。创世在神的议程表上是头一件事，其后他才有空为英国人安排坏天气，而且稍一分神便闯了祸，让迈克尔·杰克逊钻了空子，溜进人间。然而，依据定义，上帝没有起源，所以上述说法也站不住脚。我们谈论的是宇宙的来源，而非上帝本人的谱系。可是，因为该句也是全书的首句，所以我们免不了作如是想。《圣经》的开头讲的就是开头。文本与世界似乎在一瞬间相互重叠。

《创世记》的叙述者使用了"起初"这个表达，因为它与"很久以前"（Once upon a time）一样，都是历史悠久的开场白。一般来讲，"很久以前"开讲的是童话故事，而"起初"则是创世神话。世界文化中，此类神话甚为丰富，《圣经》的第一章也位列其中。大量文学作品都将情节安排在过去，但哪个都不比《创世记》的故事更为古老。再早，就只能从世界的边缘掉下去了。"很久以前"这个词似乎做出了一个动作，将故事从当下远远推向虚无缥缈的神话领域，令它似乎不再属于人类历史。这个表达刻意不交代故事发生的具体时间或地点，营造出永恒的氛围，仿佛这故事是人类境况的总体写照。若说小红帽在伯克利拿到硕士，或者那头狼在曼谷蹲过监狱，那么"小红帽"的故事就不会那么引人入胜。"很久以前"是给读者的信号，让他们不要问某些问题，比如这是真的吗？在哪儿发生的啊？是发明玉米片儿之前呢，还是之后？

同样地，"起初"这个公式般的字眼也吩咐我们，切莫问这事何时发生，因为，除了别的意思外，它还意味着"在时间自身的开端处"，况且很难想象，时间自身始于一个确切的点，譬如很难想象，宇宙是于 19

某个周三下午三点十七分创造出来的。人们有时说，死去的那一刻，永恒便开始了，这话同样令人纳罕。永恒如何会有开始呢？人们也许可以从时间进入永恒，但这不会是永恒中的事件。永恒中没有任何事件发生。

这精彩的开场白告诉我们，太初之时，上帝创造了宇宙，然而此话颇有问题。除此之外，他还能怎么做呢？难道等时间过了一半才开始创造天地吗？说某事物最初被创造出来，也就是说它起源于原初。这是同义反复。因此，《圣经》首句的前三个单词若给删掉，于意义无甚损害。也许，写这句子的人想象时间始于某点，而就在时间启动的那一刻，上帝创造了宇宙。不过，如今我们知道，没有宇宙便没有时间。时间和宇宙是同时形成的。

《创世记》将上帝的创世，看作从混沌中理出秩序的行为。最初，万物晦暗且空洞，可上帝来了，赋予了它们形与质。在此意义上，这个故事倒转了通常的叙事顺序。大量叙事作品最初貌似具有秩序，然后不知为何渐渐分崩离析。若没有混乱或变动，故事便无法展开。达西先生若不出现，奥斯汀小说《傲慢与偏见》中的伊丽莎白·班纳特或许便会终身不婚。奥利弗·退斯特若没有多要一口，也许永不会遇到费根，而哈姆莱特若专心在威腾堡读书，结局也许不会那么悲惨。

《圣经》中另有一个修辞精美的开头，可与《创世记》的首句媲美，那就是《约翰福音》的第一句："太初有言，那言与上帝同在，上帝就是那言。"[1] "太初有言"暗指三位一体中的第二者；可是因为它出现在一段文字之首，我们便会不由自主地思考这个太初，况且它还与词语有关。这是关于太初之言的第一段文字。跟《创世记》的首句一样，这段文字与其所言之事似乎一时间互为映照。请注意该句句法的戏剧效果。从技术层面看，该句是一个"意合并列"句，意思是说，作者将几个从句前后排列，但并不点明它们之间的并列或从属关系。（美国文学中，大量仿海明威式写作运用了这一手法："他经过瑞科酒吧，拐向广场方向，看到狂欢之后，尚有零星几人流连不去，感到昨夜的威士忌在嘴里发出酸臭的味道……"）"意合并列"不无风险，几个分句往往如出一辙，语调几无变化，令整个句子刻板而枯燥。不过，圣约翰的这句话却以故事形式避免了乏味单调，令读者急于了解接下来会发生什么。

像所有优秀的故事一样，这句话的结尾也令读者大呼意外。我们得知，太初有言，而那言与上帝同在，可紧接着，出人意料的是，上帝就是那言。这让人感到惶惑不解，就像是说，"弗莱德和他叔叔在一起，弗莱德就是他叔叔"。既然那言与上帝同在，它怎么又是上帝呢？我们又一次面对差异与同一的悖论，就像面

20

1　冯象译：《新约》，香港：牛津大学出版社，2010年，第197页。

对《麦克白》中女巫的预言。太初存在着悖论，它无可想象，无法言说，也即是说，区区人类语言是无法把握此"言"的。上述意外清晰地表现在句法上。"In the beginning was the Word"（太初有言）与"and the Word was with God"（那言与上帝同在）长度相当，均为六个单词，且具有相同的韵式。因此读者想当然以为，为了平衡起见，下个分句亦会如此，比如"and the Word shone forth in truth"（那言照亮真理）。然而，下一句"and the Word was God"（上帝就是那言）令人猝不及防，仿佛为了有力展现这个启示，该分句牺牲了韵律平衡。前两个流畅的分句，构成了一个简洁、平实、有力的宣言，其口吻不容置疑。从句法角度看，该句的结尾确有狗尾续貂之嫌，读者希望看到华美的修辞，却未能如愿。然而从语义学角度看（语义学研究的是语言意义问题），该句的结论挥出了强有力的一拳。

英语文学中最负盛名的开头之一是："凡是富有的单身汉都想娶房太太，这点为世人所公认。"（It is a truth universally acknowledged, that a single man in possession of a good fortune must be in want of a wife.）这是奥斯汀《傲慢与偏见》的首句，常作为绝妙的反讽为人所推崇，但其反讽意味却并非跃然纸上，而是隐于所言之事（世人皆以为富人想讨老婆）与所含之意（此假设大多来自想嫁个有钱人的未婚女性）的反差中。句中本属于有钱单身汉的渴望，经反讽一颠倒，便成为急于嫁人者的心声。

富人想讨老婆被推为举世皆知的真理，听上去像几何公理般不容辩驳，几乎给人算作自然法则，呈现在读者眼前。若当真如此，那么未婚女子挺身向前，自荐为男人潜在的伴侣，便也无可厚非。世情原本如此嘛，她们不过是回应了有钱男人的渴求。奥斯汀精心打造的婉转辞令，为未嫁女和她们急迫的母亲洗脱了贪得无厌或攀附权贵的恶名。这番话为此类不光彩的动机披上了一层庄重的面纱，不过，即便这么做，它也没有遮遮掩掩，这便是反讽意味的所在之处。它提示我们，人若能将其卑下欲望合理化，认作自然秩序的一部分，便会少却许多尴尬。眼见别个如此自欺欺人，直教人心下好笑。这句话的语言秉承奥斯汀的一贯风格：态度超脱、优雅有节、略显生硬，确乎需要一点温和的反讽使之生动起来。"acknowledged"（公认）后那个逗号说明这不是当代英语；当代文本中这种停顿毫无必要。

奥斯汀的反讽有时来得尖酸刻薄，其道德评判亦复如此。在《劝导》中她暗示道，书中一人物若没来到世上或许还好些；多数作家可不愿露出这种念头。刻薄至斯，也是令人咋舌。相较之下，《傲慢与偏见》开头处的反讽算得是温和了，且颇令人莞尔，像极了乔叟《坎特伯雷故事集》开场白中暗含的讥讽：

　　当四月带来它那甘美的骤雨，

22

让三月里的干旱湿进根子去，
让浆汁滋润每棵草木的茎脉，
凭其催生的力量使花开出来；
当和风甜美的气息挟着生机，
吹进树林和原野上的嫩芽里，
年轻的太阳也已进入白羊座，
已把白羊座一半的路程走过；
整夜里睁着眼睛睡觉的小鸟
现在纷纷啼唱着各自的曲调——
这是大自然拨弄出它们心声；
这时候人们也就渴望去朝圣，……[1]

Whan that April with his showers soote
The droughte of March hath perced to the roote,
And bathed every veyne in swich licour.
Of which vertu engendred is the flowr;
Whan Zephyrus eek with his sweete breeth
Inspired hath in every holt and heath
The tendre croppes, and the yonge sonne
Hath in the Ram his halve cours yronne,
And smale fowles maken melodye
That sleepen al the night with open ye –
So priketh hem Nature in hir corages –

---

1   黄杲炘译：《坎特伯雷故事》，上海：上海译文出版社，2013 年。

Thanne longen folk to goon on pilgramages...

春回大地，万物复苏，善男信女亦感受到血液中 23
勃勃的生机，加上其他动因，促使他们踏上了朝圣之
路。自然友善的循环与人类精神之间，存在着某种隐
秘的亲和关系。不过，人们选择春日朝圣，也因为天
气大多晴好。若换是深冬季节，想来谁也提不起兴致，
深一脚浅一脚跋涉到坎特伯雷去。因此，在这部伟大
诗作的开篇处，乔叟一面颂扬人性，一面却含讥带讽，
揭露人性的本质。人们因道德脆弱而踏上朝圣之旅，
而脆弱的一个表征，便是他们更乐意在不至冻僵的季
节出行。

若说《傲慢与偏见》的首句已是传奇，那么，美
国文学中亦有同样精彩的开头，比如"叫我以实玛利
吧"（Call me Ishmael）。（有人称该句只要加个逗号，
便会现代味儿十足："Call 我，以实玛利。"）麦尔维
尔名著《白鲸》这个简洁的开头具有欺骗性，根本无
法预示全书辞藻华美、句式绵长、音效铿锵的文学风
格。该句亦稍有反讽意味，因为书中只有一人曾叫他
以实玛利。那他为何叫读者这样做呢？是因为那就是
他的真名，还是因为那名字的象征含义？《圣经》中
的以实玛利系亚伯拉罕与其埃及女仆夏甲所生，他是
个亡命徒，遭到驱逐，四处流浪。因此，也许对于经
年往来海上的旅人，以实玛利作为假名也算合适。或
许叙述者企图隐瞒其真名实姓？若真这样，那又是为

何呢？他表面的坦诚（一上来便友好地请我们直呼其名，假如那确是他的真名的话）是否掩盖了什么神秘的东西？

名叫玛利亚的人并不常说"叫我玛利亚吧"，而是说"我叫玛利亚"。若说"叫我某某"，往往是请人家用自己的绰号，比如"我的真名叫作阿尔戈侬·迪格比-斯图亚特，不过你可以叫我露露"。为了人家叫起来方便，人们通常会这么做。若说"我真名叫朵丽丝，不过你可以叫我昆汀·克莱伦斯·埃斯特哈齐三世"，听上去就透着古怪了。然而，"以实玛利"不大像是绰号。于是读者会心下盘算，要么这真是叙述者的名字，要么他以此假名来说明自己遭到放逐，只得浪迹天涯。若是后一种情况，他便是有意隐姓埋名，与此同时又表现得亲切友好。西方世界叫朵丽丝的人比比皆是，而叫以实玛利的却寥寥无几，也似乎证实了这一点。

"叫我以实玛利吧"是跟读者打招呼，跟所有这类招呼一样，它暴露了文本的虚构性。只要承认有一个读者在场，就等于明着告诉人家这是本小说；现实主义小说往往不愿这样做，而是尽力装作纪实报告的模样。承认读者的存在，便会威胁到小说的真实感。且不论《白鲸》是否算得上是一部现实主义作品，但其大部分都采用了现实主义笔法，让这开场白与全书的风格极不相符。若有小说家这样写道，"亲爱的读者，可怜一下这个贫寒而鲁笨的乡村医生吧"，他便是借"亲爱的读者"一词暗暗承认，不管这位乡村医生是否鲁笨，其实他根本就不存在；这是文字制品，而非乡间生活的真实片段。这样的话，读者便不大会同情这位鲁笨的医生；可若是真有其人，情形便会有所不同。（顺便说一句，有些文学理论家认为，读者对虚构人物不会真的产生同情、敬慕、惧怕或憎恶，而只能"虚假"地感受这样的情感。观看恐怖电影时脸色煞白、抱作一团的人，心中的恐惧并不真实，而是虚假的。这也可以暂且不论。）

　　"以实玛利"听上去更像文学作品中的、而非真实的名字，这再次提示我们，自己面对的是一部虚构作品。另一方面，因为这不是叙述者的真名，所以听起来像是杜撰的。或许他真名叫弗莱德·沃姆[1]，为了听上去体面些，才给自己挑了个洋里洋气的名字。如果他真不叫以实玛利，读者会问他究竟叫什么。可书里又没有交代，就只好当他没真名了。似乎麦尔维尔也并非有意隐瞒。不存在的东西又如何隐瞒呢？以实玛利这个人物的存在，不过是纸页上一些黑色的符号而已。比如，说他额头上有个疤而小说忘了提，这话没啥意义。小说没有提，就是没那回事儿嘛。一篇小说也许会跟我们讲，故事里有个人物用的是化名；可即便真名透露给我们，它与化名一样，也是虚构的一部分。查尔斯·狄更斯的未竟之作《埃德温·德路德之谜》中有一人物明显披着伪装，很可能是读者在书中

1　Fred Worm，"worm"（虫）听之不雅。

某处碰到的一个人。可惜书未写完狄更斯便溘然长逝，伪装下的真容便永不可知了。有人藏在伪装之下，这点确凿无疑，可具体是谁终究无法确定。

* * *

让我们再次回到诗歌，看看六首名诗的开头。第一首是济慈的《秋颂》，它的首行是这样的，"雾气洋溢、果实圆熟的秋"[1]（Season of mists and mellow fruitfulness），其音效之丰美给人留下深刻的印象。它就像交响乐的和弦，经过精心的安排，充满着沙沙的 s 声与喃喃的 ms 声。一切都如秋日私语般悦耳动听，几无生硬尖利的辅音。"fruitfulness" 中的两个 f 音也许是例外，但是为相邻的 r 音所软化。这是一幅声音织就的富丽锦绣，对仗与微妙的变化俯仰皆是。"mists" 中的 m 呼应了 "mellow" 中的 m；"of" 中的 f 呼应了 "fruitfulness" 中的 f；"mists" 中的两个 s 音在 "fruitfulness" 中的 "ness" 里被再次捡起；而 "Season" 中的 e，"mists" 中的 i，与 "mellow" 中的 e 构成了同与异之复杂且精巧的模式。

这行诗的紧凑也抓住了我们的眼球。它成功地塞进这许多音节，却不至于甜得发腻恶心。这感官上的丰饶，为的是激起秋日成熟的感觉，因此语言成为所表达内容的一部分。这行诗沉甸甸满是意蕴，所以毫

---

1 查良铮译：《济慈诗选》，北京：人民文学出版社，1958 年，第 92 页。

不奇怪，该诗接下来描绘秋日时，运用的恰是这些方式：

> 让苹果压弯农家苔绿的果树，
>> 教每只水果都打心子里熟透，
>>> 教葫芦变大；榛子的外壳胀鼓鼓，
>> 包着甜果仁；使迟到的花儿这时候
> 开放，不断地开放，把蜜蜂牵住，
> 让蜜蜂以为暖和的光景要长驻，
>> 看夏季已从黏稠的蜂巢里溢出。[1]

> *To bend with apples the mossed cottage-trees,*
>> *And fill all fruit with ripeness to the core;*
>>> *To swell the gourd, and plump the hazel shells*
>> *With a sweet kernel; to set budding more,*
> *And still more, later flowers for the bees,*
> *Until they think warm days will never cease,*
>> *For Summer has o'er-brimmed their clammy cells.*

也许，不论它有没有意识到，这首诗在描画秋天景象的同时，谈论的也正是自己。它没让自己黏得化不开、满得溢出来，尽管它时刻准备冒此风险。一如秋日，它也站在一个临界点上：成熟稍不留神就会过

1　屠岸译：《夜莺与古瓮——济慈诗歌精粹》，北京：人民文学出版社，2008 年，第21 页。

27　头，令人深感压抑。（对于秋天，是生长过了头；对于诗歌，是语言过了头。）不过，借助某些内在的约束，这种恼人的放纵得到了控制。

二十世纪英国作家菲利普·拉金在诗作《树》中也描绘了自然的生长：

> 树木正吐出新叶
> 仿佛就要吐露什么……

> *The trees are coming into leaf*
> *Like something almost being said...*

拉金的风格一贯沉郁，此处的意象却直抒胸臆，将萌发的新叶看作即将脱口而出的词语。然而，某种意义上，该意象却也解构了自己。待到树木华叶繁盛，这意象便不再贴切。并不能说树木此时喃喃低语，届时便会大声喧哗。也许可以将绽放新叶的树比作欲抒心事的人，但不大可能将繁叶葱茏的树想象为说得清道得明的陈述。因此，这个比喻此刻恰到好处，等到过程圆满便不再妥帖。这两行诗将一棵树展现在读者眼前，嫩条、新叶、枝干，如见语言无形的根须，令人叹为观止。仿佛话语背后的各种过程，都经透视而显现，继而投射为可视的图像。

拉金的《降灵节婚礼》更为出名，它是这样开头的：

那年降灵节，我动身很迟：

　　直等到那

明媚的周六下午一点二十

我那旅客稀疏的火车才出发……

That Whitsun, I was late getting away:

　　Not until about

One-twenty on the sunlit Saturday

Did my three-quarters-empty train pull out...

第一行采用五步抑扬格，纯是口语，虽然平淡随 　　28
意，实乃刻意为之。若不经意间没头没尾地撞见这么
一句，恐怕谁也猜不到，它竟会是句诗。然而，作者
似乎也意识到这点，于是立刻予以纠正。"直等到那"
只说了半句，而读者期待的是一个完整的五步格。它
体现出对韵律迅捷而机敏的操控，告诉读者，"没错，
这就是首诗，虽然几秒钟前你也许并不这么想"。这寥
寥数行中，还有什么给出类似的暗示吗？当然有，请
看那些韵脚，与刻意采用的日常语言不甚相同，且赋
予后者以严谨的形式。即便多少有遮掩之意，这些文
字究竟还是艺术。矜持的英国中产阶级男性绝非巴黎
的浮浪唯美主义者，不会炫耀其艺术技巧，正如他不
会吹嘘其银行存款或者性能力。

批评家们孜孜不倦地搜寻歧义。艾米莉·狄金

森一首诗 [1] 的首行里，就有一处歧义很是惹眼："我的
生命完结前已经完结了两次。"（My life closed twice
before it's close.）狄金森用"it's"（今天我们称这个撇
号为果菜商的撇号 [2]）而非"its"，是因为她的标点使用
有些不合规则。她也曾将"upon"拼作"opon"。看
到伟大作家同我们一样会犯错误，总是令人心里舒
坦。叶芝曾在都柏林申请教职，却因申请书中拼错了
"professor"（教授）一词而遭到拒绝。

　　时态也会玩出些奇怪的花样来。狄金森这行诗大概
是说："离开人世前，我该会经历两次颇似死亡的悲惨
事件。"可是，既然还没死，她又怎知道那样的事会
有两次？这行诗中的动词"closed"用了过去时，因
为这两个丧痛的瞬间业已发生；然而其效果却是，诗
人之死似乎也已经发生。若是写成"在我生命结束之
前，它将已经结束了两次"，便会显得过于笨拙，尽
管那行诗的意思大致如此。这便产生了一种奇特的感
觉，似乎狄金森是在墓中跟我们讲话。若她晓得自己
平生仅有两次隐喻式的死亡，那么她不是已死，至少
也是躺在床上奄奄一息。逝者不会再经历任何事情，
事件完全找不上他们。不过，写作与死亡无法调和；
因此，在狄金森的笔下，她本人似乎已死，然而这是
不可能的。

29

1　即《狄金森诗全集》（托马斯·约翰逊编辑版）第 1732 首。
2　英文中的撇号过去曾表示复数，果菜商常会写"apple's 55p per lb"，这个撇号因之
得名。这里伊格尔顿应该指撇号的旧用法或不规范用法。

美国文学中另一个动人心魄的开头，出自罗伯特·洛威尔的诗作《楠塔基特的贵格会墓园》：

> 马达基特近海处一片浅滩
> 海浪依旧狂暴地拍打而夜
> 已驶入我们的北大西洋舰队，
> 此时溺水的船员死死抓着拖网。光
> 闪烁自他蓬乱的发与大理石的脚，
> 他用大腿扭结拱起的肌肉
> 与那张网搏斗……

> *A brackish reach of shoal off Madaket*
> *The sea was still breaking violently and night*
> *Had steamed into our North Atlantic Fleet,*
> *When the drowned sailor clutched the drag-net. Light*
> *Flashed from his matted head and marble feet,*
> *He grappled at the net*
> *With the coiled, hurdling muscles of his thighs…*

第一行读上去特别聱牙诘屈。元音粗粝，辅音突兀，朗读时如咀嚼牛排。地名"马达基特"与粗犷有力的语言甚为相合。这样的语言恰好反映出它所刻画的恶劣环境。"海浪依旧狂暴地拍打而夜"（The sea was still breaking violently and night）本该是相当规范的五步抑扬格，可惜"still"一词搅乱了格律。不过，

这段诗追求的并非流畅或对称，其句法明白地体现了
这点：

> 海浪依旧狂暴地拍打而夜
>
> 已驶入我们的北大西洋舰队，
>
> 此时溺水的船员死死抓着拖网。光
>
> 闪烁自他蓬乱的发与大理石的脚……

此处大洋浪花碎溅，诗行也戛然而断。第三行末
尾处只余一字之位时，诗人大胆地终结一句，再新启
一句。我说"只余一字之位"，是因为按照格律的要
求，这行诗最多只能再有一个单音节词。所以洛威尔
铤而走险，在诗行将尽处，用"光"（light）一词突
兀地开启新句。结果是，我们在"拖网"（drag-net）
后看到一个句号，表示简短但完整的停顿；接着是
"光"；然后，就在我们逼近句尾，准备迈向下一行时，
又得稍作停顿，留下"光"一词孤悬该处。句法与格
律两相缠斗，营造出令人难忘的戏剧效果。

或许，我们也注意到"夜 / 已驶入我们的北大西
洋舰队"中奇怪的倒置。通常我们会说舰队驶入黑夜；
而如诗中所言，夜听上去仿佛是艘船，似乎就要导致
相撞事故。［莎士比亚作品中也有类似的倒置；比如，
《裘力斯·凯撒》中的那个意象，"他懦怯的嘴唇失去
了血色"（His coward lips did from their colour fly），就
有大耍心眼、故弄玄虚之嫌，难以令人信服。］"扭结

拱起的肌肉"中的"拱起的"（hurdling），大概指的是
"跨栏运动员般紧绷的"。不过，这个短语也恰能描述
这首诗紧致、坚实、棱角分明的语言。

文学作品的开头并非总是表里相符，比如弥尔顿
诗作《利西达斯》那宏美的开头。这首诗是为悼念渡
海溺亡的诗友爱德华·金所作，金便是诗中的利西
达斯：

> 再一次，哦月桂树啊，再一次
> 褐色桃金娘，以及常青藤
> 我来采摘你们坚硬生涩的果实
> 不得已伸出手指笨拙地
> 揉碎你们尚未成熟的叶子。
> 迫使我打搅你们静好岁月的
> 是痛苦的责任与这悲伤的事；
> 利西达斯死去了，死在青春绽放之前，
> 年轻的利西达斯，并未离开他的同辈：
> 谁能不为利西达斯哀歌？他深知
> 自己歌喉美妙，唱得出高迈的韵律。
> 他漂浮于水之灵床上，灼热的风
> 将他吹来拂去，怎能无人为他哭泣，
> 用悦耳的泪滴向他致意。

> *Yet once more, O ye laurels and once more*
> *Ye myrtles brown, with ivy never sere,*

I come to pluck your berries harsh and crude,
And with forced fingers rude,
Shatter your leaves before the mellowing year.
Bitter constraint, and sad occasion dear,
Compels me to disturb your season due;
For Lycidas is dead, dead ere his prime,
Young Lycidas, and hath not left his peer:
Who would not sing for Lycidas? He knew
Himself to sing, and build the lofty rhyme.
He must not float upon his wat'ry bier
Unwept, and welter to the parching wind,
Without the meed of some melodious tear.

"利西达斯"这个名字像葬礼的丧钟,悲伤地回响在诗行里。事实上,开头的这些文字充满了回声与反复:"再一次,……,再一次","死去了,死在青春绽放之前","谁不……哀歌,……他深知自己歌喉美妙"。此种写法营造出一种仪式感;这种效果颇为合宜,因为诗人意在当众展示才华,而非从心底发出悲恸的呼号。弥尔顿同金不见得有多熟,要说金的早逝令他有丝毫伤心,也找不到什么根据。再者,金是保皇派,而弥尔顿日后强硬地为处决查理一世而辩护。那位逝者接受的是神职培训,而《利西达斯》接下去猛烈地抨击教会,在当时这可是惹祸上身的行为,难怪为这首诗署名时,弥尔顿只写下姓名的首字母。

实际上，这些沉郁的诗行或许以隐秘的方式表达了某种厌倦与忧伤。弥尔顿说不得已去采摘月桂和桃金娘生涩的果实（这些植物是诗人的象征），其实想说的是，为了创作这首挽歌，他被迫放下为成为伟大诗人而做的精神准备。这便是为何采果的手指迫不得已，而非自由自在。这也是手指笨拙的原因，因为写作技艺尚未纯熟。而事实上，这些诗行如此宣称时，却是沉稳自若、颇具威势，令这说法不攻自破。这首诗哪有半点青涩，简直老练得到了一种境界。弥尔顿深切地感受到肩头沉甸甸的责任，所以这首诗听起来仿佛给了他双重逼迫："痛苦的责任""迫使"他拿起笔来。"悲伤的事"自然指金的死亡，但读者也会猜测，弥尔顿是否也想到自己内心的郁闷？为了纪念一位同仁，他无奈地走出精神蛰伏状态。若是这样，他成功地将抱怨化为对逝者的颂词。

与金的早逝相对应的，是这首诗的早产，"坚硬生涩的果实"即是其体现。弥尔顿不得不利用尚未成熟的材料，来营造他的悲悼。作为诗人，他自觉尚不成熟，于是在诗中，他似乎将此感觉投射于月桂和桃金娘之上。也许，若非情不得已，他绝不会轻易动笔书写这首杰作。这么做是出于诗人的责任感，而非情感冲动。据此观之，"谁能不为利西达斯哀歌"一句虽语气肃然，却也言不由衷。至少，约翰·弥尔顿可以坦率地说，还有我呢。况且，金也算不得基督教世界最伟大的诗人，难道真就找不到一位诗人能与之媲

美？再说了，这会将约翰·弥尔顿置于何地？诗中所
言不过是恭维人的套话，并不指望读者把它们认作肺
腑之言。"他漂浮于水之灵床上，灼热的风 / 将他吹来
拂去，怎能无人为他哭泣"（He must not float upon his
wat'ry bier？Unwept, and welter to the parching wind）
听起来满含柔情（这两行诗大胆地使用了不少于四
个 w 音，却可全身而退，并无堆砌之感），实则相当
理性：既然得有人为金哀悼，何不由弥尔顿来躬行其
事呢？

附带说一句，"水之灵床"的意象出奇地有力。评
论家们曾指出，它唤起了一幅恐怖画面：一个人被海
浪抛来荡去，然而却最终渴死（"灼热的风"）。因为泪
水不会鸣响啼哳，所以"悦耳的泪滴"这个大胆的意
象，实指为利西达斯哭泣，不仅献诗与他，也带给他
解渴之水。最后这个意思有些许怪异之处，因为通常对
溺死之人而言，最不缺的便是水了。"meed"此处表示
"致意"，但也能表示"奖赏"，于是便暗生出一层相当
怪诞的意思来，仿佛这首献给金的挽诗，是对其死亡
的补偿。权当诗人所想的，是前面那个意思吧。

说弥尔顿这首诗写得有点儿不情不愿，那倒是查
无实据。没有丝毫的伤恸，也能写出真正的挽歌，正
如毫无情色之念，也能讴歌爱情。弥尔顿的诗行动人
心魄，即便诗人自己无动于衷，或者说，至少于金之
早夭无动于衷。读者难免会怀疑，最令他焦虑不安的
是，虽然他渴望成为伟大的诗人，却有可能英年早逝，

致使壮志难遂。想想金的早逝与弥尔顿作为诗人的青涩，这种可能性思之令人心惊。如今他采摘果实，以悼念过早夭亡的同侪，而最终也许在寿数未尽之前，他本人也会遭到"采摘"（plucked）。摘取一花一叶一果，便是加诸死亡于其上，即便是为着艺术或生活的缘故，亦无改其性质。

弥尔顿创作《利西达斯》，恰如人们参加普通同事的葬礼，并非出于虚伪。相反，硬装出悲戚来才是真虚伪。参加熟人的葬礼时，该有的是于仪式流程相吻合的悲情。同样，弥尔顿于此诗中表露的情感与语言策略紧密相关，并没有心痛之感隐于文字之间。后浪漫时代的人们往往认为，情感与习俗两不相干。若有真情实感，则当抛却礼俗的虚伪，直抒胸臆。然而，弥尔顿的想法大约并非如此，即便是今天，许多非西方文化对此也别有看法。

简·奥斯汀亦不会持此观点。对她这类新古典主义作家来说，真情实感有与之相配的公共表达方式，由社会礼俗加以规范。说到"礼俗"（convention，其字面意为"聚集"），便是说我的情感行为不止取决于我。在个人主义社会中，情感是私人财产，而在弥尔顿或奥斯汀生活的社会里全非如此；相反的，在某种意义上，情感行为的习得赖于对共同文化的参与。对于悲痛，叙利亚人与苏格兰人有着不同的表达方式。习俗与规范根深蒂固。在奥斯汀看来，规矩不仅意味着吃香蕉要用刀叉，也意味着待人处事知晓分寸、彬彬有礼。

34

35 说到礼数教养，光是不朝雪莉酒醒酒器里吐痰还远远不够，它还意味着拒绝粗野、傲慢、自私与自负。

习俗并不一定压抑情感，但会对情绪反应做出评判：或是过于泛滥，或是过于平淡。情绪与习俗是紧密相关呢，还是势不两立，在莎翁名剧《哈姆莱特》的开头成为丹麦王子与克劳狄斯争论的焦点。哈姆莱特持个人主义观点，认为悲恸这类情感应当无视社会规范，而克劳狄斯却以为，情感与形式的关系应该更为密切。同样，在奥斯汀名著《理智与情感》中，埃莉诺·达什伍德与玛丽安·达什伍德的性格差异部分亦源于此。其实，情感与形式未必水火不容，诗歌便是二者融洽的范例。形式既可烘托情感，也可贬抑情感。《利西达斯》所表达的，并非弥尔顿对金之死的遗憾，而是自己的遗憾。这首悼亡诗实乃应景之作，但并无虚与委蛇之嫌，就好比我虽然诸事压头，虽然你早晨的好与坏跟我无关，但那声"早上好"却无半点虚伪。

* * *

塞缪尔·贝克特的《等待戈多》也许是二十世纪最著名的戏剧；它有一个凄凉无望的开头："真拿它没办法"（Nothing to be done）[1]。这话出自爱斯特拉贡之口；在他郁郁寡欢、愁苦无处排遣时，弗拉第米尔始终相伴左右。举凡二十世纪以弗拉第米尔为名的人物，

---

1 余中先译：《等待戈多》，长沙：湖南文艺出版社，2006 年，第 235 页；剧中人物名也采用余先生的译法。

最杰出的当属列宁，他曾写过一本鼓动革命的小册子，书名叫作《怎么办？》。这些也许不过是巧合，但贝克特作品的细节很少不是精心安排的。若这暗示是有意为之，那么这句话交给爱斯特拉贡而非弗拉第米尔，36 则会相对掩饰作者的意图。于是便有这样一种可能：这部通常被认为蔑视历史与政治从而描绘人类永恒处境的剧作，实质上一开头便谨慎地影射了现代最为波澜壮阔的政治事件之一，即布尔什维克革命。

说实话，这并不令人惊讶；贝克特从未远离政治。二战期间，他参加了法国抵抗运动，其勇敢表现后来得到法国政府的褒奖。有一次，他与同样英勇无畏的妻子堪堪躲过盖世太保的抓捕，死里逃生。其作品也有无关人类总体处境的一面，那就是他带有显著爱尔兰特色的幽默：崇高至鄙俗的顿降、煞有介事的炫学、口轻舌薄的风趣、阴暗刻毒的讥刺、恣意狂放的幻想。曾有位巴黎记者问生于都柏林的贝克特，他是不是英国人，得到的回答是"正好相反"。

另一部爱尔兰色彩浓重的小说，是弗兰·奥布莱恩的名作《第三个警察》，其开头令人不寒而栗：

> 不是谁都知道我是怎么要了菲利普·马瑟斯的老命的；我抡起铁锹，劈碎了他的下巴；算了，还是先说说我跟约翰·迪夫尼的交情吧，因为是他先动的手，用很特别的自行车打气筒猛砸马瑟斯的脖子，一下子把老家伙打翻在地；打气筒是

约翰自制的，原本是一截空心铁管。迪夫尼身强力壮，很有礼貌，可就是懒惰、散漫。要说杀人这事，就是他起的头。让带铁锹的是他，指挥杀人的是他，解释说明的也是他。

我出生在很久以前。父亲务农，有很多地，母亲是开酒馆的……[1]

Not everybody knows how I killed old Phillip Mathers, smashing his jaw in with my spade; but first it is better to speak of my friendship with John Divney because it was he who first knocked old Mathers down by giving him a great blow in the neck with a special bicycle-pump which he manufactured himself out of a hollow iron bar. Divney was a strong civil man but he was lazy and idle-minded. He was personally responsible for the whole idea in the first place. It was he who told me to bring my spade. He was the one who gave the orders on the occasion and also the explanations when they were called for.

I was born a long time ago. My father was a strong farmer and my mother owned a public house...

37

---

1 刘志刚译：《第三个警察》，长沙：湖南文艺出版社，2017 年，译文有所改动。

这段话的英文读起来有点儿怪，也许因为奥布莱恩说一口流利的爱尔兰语，一些作品也是用爱尔兰语创作的，所以此处他算不上用母语写作，虽然他英语说得至少不比温斯顿·丘吉尔差。爱尔兰人说的英语被称为爱尔兰英语，跟标准英语会有意想不到的偏差，也便成为营造文学效果的沃土。譬如，"马瑟斯"（Mathers）这个名字在爱尔兰语中念作"马赫斯"（Ma-hers），因为"th"的爱尔兰语发音有别于英语。"我出生在很久以前"（I was born a long time ago）意为"我老了"，但很少会有人这么说，因此可算是不落俗套。在爱尔兰，"强壮的农夫"（strong farmer）并非指肌肉发达的农人，而是说他拥有大片田地。

这段文字与《印度之行》首段的语言有着天壤之别。福斯特的文笔圆润典雅，而奥布莱恩的却显然粗鄙无文。后者刻画的人物缺少教养，与其文笔有共通之处。小说的首句啰里啰唆了好几行，便是很好的例子。该句包含多个截然不同的意思，中间却仅用了两个标点[1]，给人的印象是，叙述者或怨或怒地大声絮叨，想到啥说啥。之所以说"想到啥说啥"，是因为"迪夫尼身强力壮，很有礼貌，可就是懒惰、散漫"这句话有些奇怪，似乎跟上下文关系不大。他的懒惰与散漫好像跟当下的话题无甚相干。的确，从整段话看，迪夫尼还算做事积极、颇具条理，所以叙述者这样贬低

38

---

[1] 参见英文原文；此处，中文译文无法只用两个标点，实乃语言差异所致。

他似乎有失公允。此外，我们觉得叙述者是男性，可能是男女相比前者更易杀人吧；也可能女人真要行凶，也不大会抡起铁锹敲碎受害者的下巴；还有就是，叙述者与迪夫尼听上去像是多年的铁哥们儿。再者，男性作家往往乐于使用男性叙述者。不过以上均是冒昧的假设而已。

如此粗鄙无文的风格，却定是耗费了艺术家大量的心血。奥布莱恩的文笔看似不事雕琢，但整段话却是精心安排，取得了最大的戏剧效果。譬如，开始的那句坦白（"不是谁都知道我是怎么要了菲利普·马瑟斯的老命的"）便是因为其中的否定而愈发扣人心弦。（这部小说碰巧与否定的关系极深，因此用"不是"开篇，可以说再合适不过。）若换成"我把菲利普·马瑟斯那个老东西干掉了"（I killed old Philip Mathers），首句那种随意态度引起的震撼便会消失殆尽，究其原因，它之所以令人不安，或多或少因为读者获知，叙述者虽然谋害了马瑟斯，却满脑子想着别的事（即并非所有人都知晓这件事）。对于心地良善的读者，这话不啻为一记闷棍，不过落下时手腕略偏。叙述者惊世骇俗的话才出口，句子便陡然急转，斜刺里冲了下去（"算了，还是先说说我跟约翰·迪夫尼的交情吧"）。这也是令开篇声明更具力度的巧招。读者在一旁瞠目结舌，叙述者则不以为意，转向另一个话题，仿佛没有意识到，他刚刚揭示的东西具有怎样毁人三观的性质。顺便提一句，"不是谁都知道我是怎么要了菲利普·马瑟

斯的老命的"这句话有些古怪。"不是谁都"意味着知 39
情人不止几位，也就是说，这宗谋杀案在一定程度上
广为人知。

接下来，叙述者要做的便是为自己开脱。他前脚
才承认劈碎了马瑟斯的下巴，后脚便忙着栽赃给迪夫
尼，说是他先动的手，而且"要说杀人这事，就是他
起的头"。这位始终未露姓名的叙述者似乎希望，等从
"让带铁锹的是他"一路读到"解释说明的也是他"，
我们便会忘了就在刚才他还自我标榜为谋杀犯。这个
大翻转，还有"让带铁锹的是他"这句虚弱无力的自
我辩白，都有些黑色喜剧的味道。很难想象陪审团会因
为这句话对他网开一面。此外，"解释说明的也是他"
这句话意思含混，令人费解。解释什么？是跟叙述者解
释为何杀害马瑟斯（难道他还蒙在鼓里？），还是说明这
活儿该怎么干，抑或是准备好说辞以防事情败露？

荒谬在爱尔兰文学中司空见惯，上述干巴巴的话
里便有不少荒谬成分。要杀马瑟斯，随便什么都能当
凶器，为何偏偏选了单车气筒？（这部小说对单车很是
痴迷。）用空心铁管自制气筒真那么容易？迪夫尼当初
怎么想到要做这么个东西？那时的爱尔兰单车是常用
的交通工具，气筒也就不是什么稀罕物。因此，叙述
者大约不会以为，迪夫尼用铁管做气筒就是为了毒打
马瑟斯；这个说法虽然荒唐，却也不能完全否定。为 40
何不直接用铁管呢？迪夫尼很可能早就把气筒做好了，
不过对他的动机我们还是很好奇。叙述者为什么不直

接将受害者一锹劈倒，然后再补上一下，结果他性命，而是等迪夫尼先动手，然后自己才上？会不会单车气筒的说法不过是嫁祸给迪夫尼的蠢主意，难以令人信服，而迪夫尼跟这件罪案其实毫无瓜葛？至少这种可能性可以排除，因为接着读下去，会发现迪夫尼的确挥动气筒，将马瑟斯击翻在地。（顺便提一句，就在他动手的时候，叙述者听到老人倒地的同时，"用交谈的口吻轻声说了些什么"，听上去像是"我不喜欢吃芹菜"或者"我把眼镜落在餐室了"。）

《第三个警察》一开篇便足以扣人心弦，但很难想象，会有比安东尼·伯吉斯小说《尘世权力》的首句更为精彩的开头："八十一岁生日那天下午，我正跟娈童在床上厮混，阿里进来通报，说主教大人前来拜访。"（娈童是年少的男宠。）这部小说仅用一个句子，便描绘出一幅令人侧目的香艳场景：一个八十一岁的老男人跟个男孩儿榻上寻欢，而这男人位尊权重，以致有奴仆侍奉左右（我们认为阿里是个奴仆），连主教都得登门拜谒。更有甚者，此人居然用了"娈童"（catamite）一词，可见颇有才学；"娈童"一词在通俗电视节目里似不多见。对于自己的处境他似乎不以为意，展现出某种英国式的沉稳。这句话好就好在以随意而凝练的方式，将所有信息一揽子呈现给读者，却无半点言语臃肿之感。阿里是个外国名字，所以我们推测，这场景应该发生在某个富于热带风情的地方。西方人固执地认为，娈童在利兹或长岛难得一见，而在东方却是唾手可得。我们也许会想，叙述者大概是个殖民地官员，利用当地资源行非法之享乐。

读者很快便会得知，此人实为著名作家。没错，他的原型便是英国作家毛姆；此公曾被称为"英国最有范儿的同性恋之一"。上述的小说首句是对毛姆文风的恶意戏仿；然而，亦有文评家认为，虽为戏仿，却将毛姆所有作品比了下去。戏仿竟令原作失却颜色，就像"维也纳"的英文 Vienna 比德文 Wien 诗意更著。既然如此，小说的首句该是出自一位小说家的手笔，这便令我们对整个故事有了基本认知。叙述者似在尽力制造耸人听闻的效果，足以令其他所有作品的开场白相形见绌。所以，在某种意义上，小说的首句明着在交代情况，暗地里却是讨论自己。

然而可笑的是，创作这句话并非纯粹为了文学效果（虽然它无疑是安东尼·伯吉斯的创作）。作者希望读者把它看作对真实场景的描述，也就是说，这位写小说的叙述者，也过着只在小说中才有的堕落生活。此处，虚构与真实相互交织，真个令人目眩神迷。作为小说家的叙述者，其举手投足都似小说人物，而他恰巧又真是个小说人物。然而，即便是虚构的，他也是基于现实中的原型。可是在许多人眼里，他的原型毛姆却显得不够真实。听到这里，读者也许会晕得直往床上栽，哪里还管有没有娈童。

这粗俗下流的首句里，几乎无一字不是精心安排，以触动读者的神经。与之相反，在乔治·奥威尔的 42

《1984》中，首句中仅有一词怀有类似目的：

> 四月间，天气寒冷晴朗，钟敲了十三下。温斯顿·史密斯为了要躲阴寒的风，紧缩着脖子，很快地溜进了胜利大厦的玻璃门，不过动作不够迅速，没有能够防止一阵沙土跟着他刮进了门。[1]

> *It was a bright cold day in April, and the clocks were striking thirteen. Winston Smith, his chin nuzzled into his breast in an effort to escape the vile wind, slipped quickly through the glass doors of Victory Mansions, though not quickly enough to prevent a swirl of gritty dust from entering along with him.*

奥威尔故意将"十三"一词丢进一段平淡无奇的描述中，由此表明，该场景要么发生在陌生的文明里，要么发生在未来某个时代中；首句的效果由此而生。有些东西并未改变，那个月还叫四月，风依旧寒冷，然而其他一切均不复从前，该句的效果也多少源于司空见惯与不同寻常的并置。展读这本奥威尔小说的读者，大多已知道故事发生在未来，虽然这未来是作者的，而不是我们的。然而，读者也许会觉得，这敲法

---

[1] 董乐山译：《一九八四》，上海：上海译文出版社，2015年，第1页；引用时个别地方有所改动。

怪异的钟有些 voulu；这是一个法语词，意思是"刻意的"，通常用来描述蓄意营造或精心安排的效果。这个细节大概斧凿之痕过重，把"这是科幻小说"喊得太响亮了些。

这是本反乌托邦小说（"反乌托邦"即是"乌托邦"的反面），讲的是一个强大无匹的国家，大至历史，小至公民的思维习惯，全能操控于股掌之间。毫无疑问，"胜利大厦"这威风凛凛的名字也是国家所赐。然而，这段开场白的第二句似乎给惨淡的氛围带来了一丝希望。温斯顿·史密斯走进大厦的当口儿，一股打旋儿的沙尘也跟着溜了进来；小说似乎认为它不请自来绝非吉兆〔那股风是"邪恶"（vile）的〕，但读者会觉得不至于那么凶险。尘与沙是随机与偶然的象征。它们代表着无规律可循的细微存在，无法凝聚起来，构成整体或者有意义的图景。也许可将之看作小说描写的极权政体的反面。同样，风可视作无视人类规则的力量。它任意吹拂，忽东忽西，也无规律可循。看来，这个国家至少无法驾驭自然，令其俯首听命。无论什么东西，一旦无法强迫性地纳入易懂可控的范围，便会令极权国家惶惶不安。国家大约无法禁绝偶然性，正如胜利大厦难以彻底杜绝灰尘。

有读者定会觉得这番阐释太过荒唐。这也没错，真有可能非常荒唐。说奥威尔有意以灰尘为正面意象，或是脑中闪过这个念头，似乎都过于牵强。但是，在下文中我们将看到，无论读者对作者意图有何想象，都不该始终无条件地予以认同。可即便如此，也会另有缘由使阐释出现偏差。譬如，继续往下读的话，便可能有新的发现，与前面的阐释相抵触。也许我们会看到，小说中的风始终以邪恶的面目出现。也许我们什么都没看到；若是那样，不肯认输的读者大概要再找理由，来证明上述的阐释荒诞无稽，而这样的结论绝非没有可能。

44　　　通过上述简短的批评实践，我试图展示文学批评诸多策略中的几种。我们可以分析一段文字的声音质地，也可以专注于其中重要的意义含混，还可以关注语法与句法的运用方式。我们可以研究一段话对其呈现之物持何种情感态度，或是聚焦于某些发人深省的悖论、差异和矛盾。追根溯源，发掘出言语表面下的隐秘内涵，有时也至关重要。判断一段文字的语气，观察其变化或摇摆，同样会颇具成效。判定一篇作品的确切性质也将有所助益。它也许阴沉暗淡，也许漫不经心，也许曲折萦回，也许言语通俗；或简练扼要，或慵懒倦怠，或油腔滑调，或夸张造作；可能含讥带讽，可能简洁明快，可能粗鄙无文，可能粗鲁伤人；有的春情旖旎，有的矫健有力；凡此种种，不一而足。所有批评策略的共性，是对语言的高度敏感。即便是惊叹号，也值得花上几行文字加以品评。所有这些，大约可称为文学批评的"微观"方面。不过，尚有诸如人物、情节、主题、叙述等宏观问题，有待我们继续探讨。

第二章　人物

忽视戏剧或小说之"文学性"的常见做法之一，便是认为其中角色确有其人。当然，这在某种意义上也在所难免。说李尔王飞扬跋扈、暴躁易怒、自欺欺人，难免让人觉得他颇似当代某位新闻大亨。然而，李尔王与这大亨的差别在于，前者仅是书页上的黑色符号，而后者却不是，令人颇觉遗憾。这位大亨在我们遇见他之前便已存在，而文学人物则不然。哈姆莱特在戏剧开场前并非什么大学生，即便剧本是这么告诉我们的。海达·高布乐踏上舞台前根本就不存在，我们对她的了解，均来自易卜生的剧本，除此之外别无信息来源。

希斯克利夫离开呼啸山庄，神秘地消失了一段时间，而小说却未告诉我们他的去向。有人说他返回了利物浦，也即儿时他被人发现的地方，靠贩卖奴隶发了财，但他也可能去了雷丁，在当地开了家理发店。真实情况是，他最终的落脚点根本不在地图上，而是一个不确定的地方。这种地方在现实中无迹可寻，印第安纳州的加里市[1]也在其列，但却存在于虚构作品中。我们也许会问，希斯克利夫有多少颗牙齿，但唯一可能的答案也是个不确定的数。说他长了牙，该不会错，但究竟有多少颗，小说并未告诉我们。有篇著名的评论文章题为《麦克白夫人有几个孩子？》。从剧情中可以推断，她至少生过一个，但有没有更多，就无从得知了。所以说，麦克白夫人的孩子数目无法确定，若要申请儿童补助，这倒不失为一个优势。

文学人物没有前史。有位戏剧导演正着手将哈罗德·品特的剧作搬上舞台；他想知道剧中人物上台前在忙些什么，于是向这位剧作家讨教，得到的回答却是"你他娘的管好自个儿的事儿就行了"。奥斯汀小说《爱玛》的女主人公爱玛·伍德豪斯的存在，取决于读者的阅读。若有一天没人读这本书了（此等结局不甚可能，因为小说写得精彩，而且全球有几十亿英文读者），她的存在便会消亡。合上《爱玛》这本书，爱玛这个人便不复存在了。她仅仅生活在文本中，而非乡间大宅里；文本是其自身与读者的交易。即便无人问津，书也是物质性的存在，但文本则不同。文本是一个意义组合，而意义组合不像蛇或沙发，没有属于自己的生命。

维多利亚时代的某些小说终篇时深情地展望人物的未来，想象他们渐渐变老，头发灰白，孙辈绕膝嬉

1　Gary, Indiana 是迈克尔·杰克逊的故乡。作者之所以这样说，可能是因为这位歌王太过传奇，似是虚构的人物。

戏。它们对人物依依不舍，仿佛为人父母的舍不得儿女离家去闯世界。然而，深情地展望人物未来自然不过是一种文学手段。文学人物同锒铛入狱的连环杀手一样，没有未来可言。关于这一点，莎翁在《暴风雨》的后半部分以一段优美的文字做出了阐述（这段的另一部分我们此前已经读过）：

47

> 　　高兴起来吧，我儿；我们的狂欢已经终止了。我们的这一些演员们，我曾经告诉过你，原是一群精灵；他们都已化成淡烟而消散了。如同这虚无缥缈的幻境一样，入云的楼阁、瑰伟的宫殿、庄严的庙堂，甚至地球自身，以及地球上所有的一切，都将同样消散，就像这一场幻景，连一点烟云的影子都不曾留下。构成我们的料子也就是那梦幻的料子；我们的短暂的一生，前后都环绕在酣睡之中。[1]

> *be cheerful, sir.*
>
> *Our revels now are ended. These our actors,*
>
> *As I foretold you, were all spirits, and*
>
> *Are melted into air, into thin air;*
>
> *And, like the baseless fabric of this vision,*
>
> *The cloud-capp'd towers, the gorgeous palaces,*

---

[1]　语出《暴风雨》第四幕第一场，见朱生豪译：《暴风雨》，《莎士比亚全集》，第一卷，北京：人民文学出版社，1994年，第67-68页。

The solemn temples, the great globe itself,

Yea, all which it inherit, shall dissolve,

And, like this insubstantial pageant faded,

Leave not a rack behind. We are such stuff

As dreams are made on; and our little life

Is rounded with a sleep...

随着剧情接近尾声，人物与事件均化成淡烟而消散，就因为是虚构的，它们没有归宿。它们的作者亦将从伦敦戏剧界消失，回归故乡斯特拉福德。有趣的是，普洛斯彼罗的这段话，并未将舞台的虚构性与凡间男女实实在在、有血有肉的存在对立起来。相反，他紧扣住戏剧人物的虚幻，用以比喻转瞬即逝、似幻似梦的真实人生。生命如幻的岂止是莎翁臆造出的爱丽儿、凯列班，芸芸众生何尝不是如此。世间入云的楼阁与瑰伟的宫殿毕竟不过是舞台布景罢了。

48　　戏剧告诉我们某些真理，但这真理却是我们存在的虚幻性。它提醒我们，生命如南柯一梦，转瞬即逝、变动不居、虚浮无根。它让人看清生命的短暂，从而唤起心中的谦卑感。这一点殊为宝贵，因为人类的道德困厄泰半源自永生的错觉。事实上，人的生命一如《暴风雨》的结尾，终将戛然而止。然而，这个事实并非听上去那般令人丧气。普洛斯彼罗和米兰达的生命固然脆弱而短暂，不过我们的生命亦复如是，所以若能坦然接受，便会从中获益。如此这般，便不会执拗地纠结于生死，从而更多地享受生活，更少地伤害他人。也许正因为此，普洛斯彼罗才会在剧中出人意料地催促人们及时行乐。一切虽是过眼烟云，但大可不必为此喟叹。爱情与美酒固然稍纵即逝，战争与暴君也概莫能外。

"Character"一词如今既可表示文学人物，也可表示记号、文字或符号。它源于一个古希腊语名词，指一种有独特符记的印戳。据此，它生发出新的含义，意指个人特殊的标记，颇类签名。这个意思便如今日之操行鉴定，是对一个人品行的表达与描绘。随着时间的推移，它进而直接代表所指的男女。原先代表人的符号，最终成为人的代名词。一个独特的符号最终演化为一个独特的人。"Character"因以部分代表整体，从而成为提喻法的例证。

这番梳理并非出自纯粹的词源学兴趣。"Character"从独有的个人标记变为个人自身，是与整个社会史密不可分的。简言之，这个过程是现代社会个人主义兴起的写照。如今，个人的定义突出的是其独特性，比如个人签名或独一无二的个性。个体间的差异比共性更为重要。汤姆·索亚之为汤姆·索亚，就因为他具备与哈克·芬截然不同的特点。麦克白夫人之为麦克白夫人，是因为她狰狞可怖的意志与不可遏制的野心，而不是因为她挣扎煎熬、开怀大笑、悲痛伤怀、狂打喷嚏；这些行为是她与同类所共有的，算不得她一人的特点。个人主义对男人女人的认识相当奇特，

49

推至极致，便意味着人们许多或者说绝大多数的性质与行为根本就不能代表**他们**，不是他们独有的；特性或个性据称无可比拟，因此上述的性质与行为便算不上是个性的一部分。

今天，"character"一词意指个人的精神与道德品格，比如安德鲁王子[1]曾说，在福克兰群岛之战中遭到枪击"最能培养品格"。或许在品格培养方面他该再勤快一点。这个词当然也指小说、戏剧、电影中的人物。我们依旧用它表示真实的人，例如："那从梵蒂冈建筑物窗口朝外呕吐的是什么人啊？"它亦指反复无常或怪异乖僻之人，例如："先生，我敢对上帝发誓，他可真是个人物！"有趣的是，这个词多用来指男性，同时也反映出英国人特有的对怪癖的喜好。他们往往敬慕脾气恶劣、拒守成规之人，盖因此辈着意要与众人格不相入。怪人除坚守本色以外，一无所能，着实令人喜欢。英国人觉得白鼬踞肩、纸袋罩头的家伙不同凡响；怪癖获得了善意的宽容。"人物"（即特立独行之人）一词体现出宽容精神。有了这个标签，就不必出于保护目的将这些人关起来。

在狄更斯的小说中，怪诞行为可以为人钟爱，也可以至为邪恶。某些人物介于二者之间，浑身都是惹人笑的小缺点，却也令人略感不安。他们似乎无法站在他人的角度看待世界，只知道固守自己的想法。这

50

1　Prince Andrew，英国女王伊丽莎白二世和爱丁堡公爵菲利普亲王的次子。

种道德偏执既令他们滑稽好笑，也隐隐透着危险。自由活泼的灵魂与自我封闭的心态仅一线之隔。自我幽闭太久会使精神失常。"人物"难免总有些疯疯癫癫，塞缪尔·约翰逊便是一例。非同凡响与怪诞乖戾只一步之遥。

　　无常态便无偏差。独特之人常孤芳自赏，但其不俗往往需要"俗"来映衬。没有常行，怎见怪癖。此理在狄更斯笔下甚为清晰，其人物往往分为两类，一类循规蹈矩，一类荒唐乖张。每个小耐儿都能摊上个奎尔普[1]；前者是《老古玩店》中无趣的道德典范，而后者是书中一个凶暴的侏儒，能点燃雪茄放到嘴里嚼，恫吓老婆说要咬死她。每个尼古拉斯·尼克尔贝都能摊上个沃克福德·斯奎尔斯[2]；前者是个平常无奇的年轻绅士，而后者却是同部书中恶魔般的独眼校长，这个恶棍肆意践踏学生，不教他们怎样拼写"window"，而是逼他们为学校擦窗玻璃。

　　可问题来了：循规蹈矩之人拥有一切美德，荒谬乖张之辈却活得有滋有味。能跟费根[3]喝啤酒，绝不与奥利弗·退斯特饮橙汁。鬼混比体面更为诱人。维多利亚中产阶级将正常定义为简朴、谨慎、耐心、贞洁、恭顺、自律与勤劳，自那之后，所有享乐都成为魔鬼

51

1　小耐儿是《老古玩店》中店主美丽的外孙女，奎尔普是放高利贷的暴发户。
2　《尼古拉斯·尼克尔贝》中邪恶毒辣的校长。
3　《奥利弗·退斯特》中组织儿童偷窃的头目。

的专属[1]。在此情况下，偏差自然成为人们追求的目标。因此，吸血鬼、哥特式恐怖、变态心理行为、非主流元素成为后现代文化的宠儿，俨然以正统自居，宛如从前的简朴与贞洁。《失乐园》的读者更钟爱弥尔顿笔下满腔怒火、桀骜不驯的撒旦，很少有人喜欢上帝，因为他讲起话来像个便秘的公务员。实际上，大致可以确定英国历史上美德乏味而堕落迷人的转变始于何时。十七世纪中期哲学家托马斯·霍布斯崇尚勇气、名誉、光荣、大度等英雄或贵族品质；而到了十七世纪末，哲学家约翰·洛克推崇勤劳、节俭、清醒、节制的中产价值观。

即便如此，狄更斯的怪人们也并非真的超越了常规。他们确乎无视传统行为规范，但却恪守一己之方式，其怪异言行始终如一，形成了一己之规范。若说体面的人物是传统的囚徒，那么怪人便是其古怪言行的囚犯。狄更斯笔下的这个社会里，每个人都是其自身的尺度。人人各行其是，不管是咬老婆，还是把口袋里的零钱弄得叮当响。然而，这与真正的自由有着天壤之别。统一的标准崩塌殆尽，真正的交流也随之关闭。文学人物各说各话，晦涩难解。他们只是随机碰撞，彼此间缺乏关联。凡此种种早已露出端倪；在

1　原文是 "...the devil was clearly going to have all the best tunes"。这句话源自俗语 "Why should the Devil have all the good tunes?"，出自 Charles Wesley（十八世纪英国循道运动领袖之一，约翰·卫斯理的弟弟，主要以创作大量圣诗著称）之口（约 1740 年）。当时，他改编了流行歌曲的音乐，用在他创作的圣诗上，流行歌曲虽不入流，但其音乐动听，故有此言。

劳伦斯·斯特恩创作于十八世纪的反小说杰作《项狄传》中，稀奇古怪的人物随处可见：怪诞客、偏执狂、强迫症患者、情感障碍者，不一而足。该书之所以是英国文学中一部喜剧杰作，这也是原因之一。

品德高尚的文学人物并不一定惹人喜爱；某些小说戏剧大约也意识到这点。奥斯汀小说《曼斯菲尔德庄园》的女主人公范妮·普莱斯品性贤淑、行止无缺，却绝不乏味（许多读者都有同感），只是温良和顺得有些令人生厌。然而，若有人不知趣地点明这点，小说似乎便会当即予以驳斥。没有家世的年轻未婚女性，再摊上不负责任的父母，身处小说描绘的险恶社会中，除了小心听话，还能如何维护自身周全？范妮处处被动，难道不是对那个社会无言的批判吗？她毕竟不是爱玛·伍德豪斯，既不富有迷人，也没显赫家世，因此无法随心所欲。有钱有势的人可以我行我素，穷苦无依之人只能小心谨慎。为了避免更大的非议，给人说成无趣也只好忍气吞声。若说范妮令人生厌，那也不是她的错。当然错也不在作者；说到刻画活泼可爱的姑娘，她可是一把好手。

对夏洛蒂·勃朗特笔下的简·爱，读者大约也有同感。她自以为是，喜欢说教，还兼有受虐倾向，若与之同乘出租车，恐怕不会怎么愉快。一位批评家曾评论塞缪尔·理查逊[1]笔下的帕梅拉：与其说工于心

1　十八世纪英国著名小说家，作品有《克拉丽莎》《帕梅拉》等。《帕梅拉》开创了英国感伤主义文学的先河。他对后世的影响很大，卢梭的《新爱洛绮丝》即是一例。

计，倒不如说没**意识**到自己工于心计；简·爱亦属此
类。然而，换了谁，在那种充满压抑的环境下，都无
53 法心胸豁达、精神昂扬。只要周围还有罗切斯特般巴
望重婚的男人，或者圣·约翰·里佛斯[1] 这样急着拖你
去非洲早早送命的宗教狂，简这种父母双亡、身无分
文的年轻姑娘便不该放松道德警惕。开心也是需要资
本的。

　　塞缪尔·理查逊笔下的克拉丽莎是英国文学中最
伟大的女性人物之一。她的情况也不例外。没有几个
人物像她一般惨遭评论者的蹂躏。克拉丽莎拒与贵胄
淫徒行枕席之欢，却遭其人强暴，评论者更是雪上加
霜，诬她假装正经、故作古板、一副死相、病态自恋、
惺惺作态、受虐成癖、矫言伪行、自欺欺人，这还不
够，一位女评论者再补上一刀，称她"太过诱人，招
致强暴"。具备耀眼美德的人很少这般遭到嫌恶。理查
逊的女主人公的确心怀虔敬、品性高洁，却也有自欺
之嫌。然而，她不过是在残酷的父权世界里竭力保护
自己的贞洁。她不似莎翁剧中的薇奥拉[2]，也非萨克雷
笔下的贝蒂·夏普[3]，会陪着你开开心心串酒吧。至于
她为何做不到这点，小说已经写得非常清楚。

　　在堕落的社会里，天真纯洁总会显得滑稽可笑。
十八世纪小说家亨利·菲尔丁钟爱自己笔下好心肠的

1　罗切斯特是《简·爱》中的男主人公，圣·约翰·里佛斯是简·爱的恩人。
2　《第十二夜》中的热情、纯真的少女。
3　《名利场》中一心向上爬的女主人公。

人物，比如约瑟夫·安德鲁斯和《帕梅拉》中的帕森·亚当斯，但亦乐于嘲弄他们。天真之人易于轻信，幼稚单纯，因而是讽刺喜剧的绝佳素材。好人注定会轻易上当，处处防人的美德算是美德吗？为人厚道既令人赞佩，也荒唐愚蠢。菲尔丁利用好心肠的人物，来揭露他们周围的流氓恶棍，同时又温和地讥讽其不谙世事的天真。若不是小说罩着，第一章还没结束，他们十有八九便会消失得无影无踪。

54

* * *

此前，我将特立独行者称为"类型"（types），这似乎有些矛盾。（顺便提一下，"type"也指印刷字，就像"character"一样。）将个体归类，便是将其纳入某种范畴，而非视作无可匹比。然而，将怪人归类完全合情合理，尤其是因为怪人随处可见。具有讽刺意味的是，"古怪""反常""奇特"均为类属词，意指整个群体或类别，与"独身的""勇敢的"属性相同。古怪甚至还可进一步细分出不同类型。所以，即便是怪人也并非无法分类。怪人一如攀岩者或共和党右派，彼此间有不少共同之处。

我们惯于将个体视为独一无二的存在。可是，倘若人人如此，我们便拥有同样的属性，即独一无二。我们的共同之处便是不同。人人特别意味着无人特别。然而，事实是，人与人的不同有一定的限度。没有哪个品行素质是一人独有的。很遗憾，没有哪个世界只有一人易发怒、爱记仇、打人下死手。之所以如此，是因为从根本上看，人和人的差异并不大，虽然后现代主义者并不愿意承认这个事实。只要是人，便拥有大量共同特点，不信的话，请看看用以描述性格特征的语汇，便一目了然。

55　　没错，个体将共同特点以不同的方式加以组合，从而令自己与他人判然有别。那些特点本身是通用货币。说只有我会嫉妒得发疯，或只有我管口袋里的硬币叫一毛钱，二者同样荒唐。乔叟与蒲柏无疑会觉得理该如此，而王尔德和金斯伯格大概不敢苟同。文学批评家会认为个体独一无二，社会学家却不以为然。如果我们高兴地看到大多数人无法预测，社会学家便会丢掉饭碗。对于个体，他们的兴趣不比斯大林来得多。他们研究的正相反，是人们共有的行为模式。超市收银台前的队几乎等长，这是一个不争的社会学事实，因为凡是人都不愿花时间在付账这种无意义且无聊的事情上。排队玩儿的人肯定是病得不轻。好心人该把这家伙通报给社会服务机构。

　　若要把握一个人的"本质"，弄清其独特性，免不了要动用类属词。文学如此，日常言语亦如此。依照通常看法，文学作品所关心的，首先是明确而具体的东西。然而，这里存有一个反讽。为了准确表达某物难以把握的实质，作家往往尽其所能堆砌辞藻。但越多地调动语言描述人物或场景，便越发将其深埋在笼统的表述之下，或者说越发深埋在语言之下。例如在

《包法利夫人》中，古斯塔夫·福楼拜对夏尔·包法利的帽子所做的著名描述：

> 他的帽子像是一盘大杂烩，看不出到底是皮 56
> 帽、军帽、圆顶帽、尖嘴帽还是睡帽，反正是便
> 宜货，说不出的难看，好像哑巴吃了黄连后的苦
> 脸。帽子是鸡蛋形的，里面用铁丝支撑着，帽口
> 有三道滚边；往上是交错的菱形丝绒和兔皮，中
> 间有条红线隔开；再往上是口袋似的帽筒；帽顶
> 是多边的硬壳纸，纸上蒙着复杂的彩绣，还有一
> 根细长的饰带，末端吊着一个金线结成的小十字
> 架作为坠子。帽子是新的，帽檐还闪光呢。[1]

> *His was one of those composite pieces of
> headgear in which you might trace features of
> bearskin, lancer-cap and bowler, night-cap and
> otterskin: one of those pathetic objects that are
> deeply expressive in their dumb ugliness, like an
> idiot's face. An oval splayed out with whale-bone, it
> started off with three pompoms; these were followed
> by lozenges of velvet and rabbit's fur alternately,
> separated by a red band, and after that came a
> kind of bag ending in a polygon of cardboard with*

1　许渊冲译：《包法利夫人》，南京：译林出版社，1992 年。

intricate braiding on it; and from this there hung down like a tassel, at the end of a long, too slender cord, a little sheaf of gold threads. It was a new cap, with a shiny peak.

这般堆砌语言带有一种报复的意味。批评家们曾指出，查理帽子的样子，几乎无法想象。试将这些细节组合成连贯的整体，会让人想破脑袋。这顶帽子是那种只存在于文学中的东西，它只是语言的产物，无法想象有人戴着它走在大街上。福楼拜这番描写精致到荒唐，从而消解了自己。虽说作家写得越细致，提供的信息就越多，但提供的信息越多，他给读者创造的解释空间便越大。其结果是，生动与具体被模糊与含混所取代。

在此意义上，只有傻瓜才肯从事写作。福楼拜这段文字似乎恶作剧般地证明了这一点；它不是用科学般精确的描述，而是用语言符号让我们陷入茫然。福楼拜跟读者开了一个玩笑。帽子既然都如此，人物也不例外。通常认为，至少在现实主义小说里，文学人物个性越丰富，刻画便越成功。然而，若不在一定程度上属于某种类型，展示出我们前面涉及的品性，他们便会叫人看不懂。一个前所未有的文学人物会滑过语言之网，令我们无从评说。然而，类型并不一定意味着类型化。从这个观点并不能得出如下结论：亚里士多德说的没错，艺术家将女性描写成聪明人是不恰当的。类型化将男人女人简化为大致几类，类型却维护了他们的个性，而且在更宽阔的语境里展现个性。对此，玩世不恭者可以作如下理解：爱尔兰男人总会喝酒闹事，但方式却各有千秋。

文学，尤其诗歌，确乎令人感到，我们眼前的文字独特得不能再独特。然而，这涉及一定的技巧。若说独特意味着超越一般类型，那么没有什么是绝对独特的。我们只有语言可用来描绘客体，而语言却是一般性的。若非如此，世上每个橡皮鸭子、每节圆叶大黄岂不都有自己的名称？即便是"这个""这里""现在"和"绝对独特"，都是一般性语汇。我这双眼眉、我的阵阵愠怒都无特定的说法。"章鱼"二字一出口，便意味着这只章鱼跟其他章鱼长得很像。实际上，事物之间多多少少有相似之处。泰姬陵同心疼病的共性在于，二者都不会剥香蕉。

其他姑且不论，有观点称文学作品涉及具体与当下，而非抽象与一般，这种观点出现得较晚，主要源自浪漫主义者。十八世纪作家塞缪尔·约翰逊认为，过于关注具体事物是有失品味的。对他而言，普遍的东西有趣得多。在今天某些人看来，这就好比说三角学比性爱更激动人心。从中可以看出，浪漫主义及其对特殊性的热情如何悄然地改变了我们的感性模式。

58

所以说，没有什么是超然无匹的。然而，这对后浪漫主义者才成其为问题，但丁、乔叟、蒲柏、菲尔丁等人对个性的看法却不尽相同。他们并不将个性看作普遍性的对立面，与之相反，他们认识到，个性建立于人类共性的基础上。事实上，"个性"（individual）起初的意思是"不可分割"（indivisible），意味着个体不可与大环境相隔离。我们之所以是个体，皆因生活于人类社会当中。"singular"（独特）一词也有"怪异"之意，盖因于此。于古人而言，怪物便是游离于社会存在之外的生物。

人类最早的文学批评文献之一，是亚里士多德的《诗学》，该书主要讨论悲剧，然而人物绝非其关注的焦点。说实话，亚里士多德似乎认为，即便人物空缺，悲剧依然是悲剧。塞缪尔·贝克特走得更远，在其剧作《呼吸》中，传统戏剧元素如情节、人物、故事线索、人物对话、舞台布景均告阙如，就连时长也几乎为零。亚里士多德最看重的，是情节或者说剧情，而作为个体的人物，实则起"辅助"作用而已，其存在依据不在自身，而在剧情，即亚里士多德心目中的群体事务。古希腊语中，"戏剧"一词就字面而言，意为"已成之事"。人物或可为剧情添彩，但首要的是所发生的一切。观看悲剧时若忽视这点，便如视足球比赛为一群人的单独表演，或个人展示"个性"的舞台。即便这真是某些球员对足球比赛的理解，我们也不应该忘记这点。

这并不是说亚里士多德通常忽视人物。相反地，正如他在《尼各马可伦理学》中所表明的，人物在他眼中极其重要。该书所论皆关涉道德价值、人物品性、善恶之人的差异等问题。然而，就如何看待现实中的人，亚里士多德与晚近论者观点有别。在该书中，他再一次以行为为先：从道德角度看，至为关键的是他们的所作所为，以及在公共场域中如何发挥或浪费自己的创造力。独处无法令你德行完美。美德之修炼不是织袜子、啃萝卜那么简单。古之哲人与今相比，不大崇尚个人突出于群体之上。对于哈姆莱特，他们无疑难以理解，而马塞尔·普鲁斯特或亨利·詹姆斯的作品更会令他们惶然无措。面对普鲁斯特或詹姆斯，当代读者同样一头雾水，但究其原因则大不相同。

我的意思不是说古代作家视男人女人为僵尸，只是说他们对意识、情感、心理的理解，与我们大相径庭。思想者如亚里士多德对人的内心生活有充分认识。问题是他们不像浪漫主义者或现代主义者那样，以内心为写作的出发点，而是将内心世界置于行为、亲属关系、历史及公共领域之中。我们之所以有内心生活，皆因为我们归属于一种语言、一种文化。隐藏自我思想与情感固然毫无问题，但它是必须学习的社会行为。幼儿是无法隐藏什么的。亚里士多德亦认识到，公共行为对内心生活会产生积极影响。行善举成就善人。 60 荷马与维吉尔先将男女视作务实的、社会的、具象的生物，继而以此来审视人的意识。埃斯库罗斯与索福克勒斯亦如此。这一方式渐渐衰微，可以说与我们枯竭的社会意识密不可分。当代文学人物观之种种，大约俱是极端个人主义社会形态的产物，其历史极为短暂，切不可视作描绘人的唯一方式。

对亚里士多德而言，人物是复杂艺术设计中的一个元素，不可粗暴地从上下文中扯出以论之。某些人写评论文章，曾以《奥菲利亚的少女时期》或《伊阿古可胜任亚利桑那州州长一职吗？》为题，实不足取。现实中的人总是处于某种有意义的场景中。我们看人，人看我们，总是在某种背景之下。人绝无可能脱离其处境。不知自我身处何境，便是处于怀疑之境。置身于一切处境外便是死亡。的确，有些人的死闹出的动静比生时大得多，可这动静是闹给他人的，而不是给他们自己。然而，现实中的人不仅仅是语言的产物，故而一定程度上独立于其环境，而约瑟夫·K 与巴斯妇人[1]却无此可能。真实的人可以摆脱其处境，亦可改变处境，而蟑螂与文学人物却永无翻身之日。巴斯妇人无法决定从《坎特伯雷故事集》迁移到《喧哗与骚动》，而我们只要想，便可跟桑德兰[2]说拜拜，搬去萨克拉门托。

61　　　俗世男女既然绝非环境之附庸，于是便会自以为拥有自主权（autonomous），字面意为"自为的律法"。他们眼中的自我独立于彼此及社会。由此他们认为，自我是一己行为之根源，并为其担负全责，最终可以依傍的唯有自己。简言之，他们的所作所为，正如莎

1　前者为卡夫卡小说《城堡》的主人公，后者为乔叟名著《坎特伯雷故事集》中的人物。

2　Sunderland, 英国城市名。

翁对科利奥兰纳斯的描述，"就像我是我自己的创造者、不知道还有什么亲族一样"。[1] 正是个人为自己行为负全责的观念，令美利坚的死囚牢人满为患。

大多数古代或中世纪思想家不会赞同此种看法。莎士比亚大概也不会。以其笔下的奥瑟罗为例。奥瑟罗无疑是个戏剧人物，但在行为做派及自我认识上，他都像个演员，言辞浮夸，极尽自我表演之能事，散发着戏剧演员的个人魅力。在该剧的第一幕，他以洪亮的声音阻止了一场争斗，"收起你们明晃晃的剑，它们沾了露水会生锈的"[2]。这铿锵的呼号振聋发聩，仿佛出自一个饰演演员的演员之口。也许奥瑟罗在台侧候场的当口，在这句台词上狠下了些功夫。这句话也许用了耶稣在客西玛尼园命门徒收刀入鞘的典故[3]，从而听上去更具权威性。此人不仅是一流的演员，他甚至隐隐有三位一体中第二者的风范。然而，他可说是老派演员，舞台赋予他机会来放大现实中的自我，并以此炫耀，而对他人的认识却有些模糊不清。团队协作绝非奥瑟罗的强项，他为自我形象而活着。在这点上，他与海明威颇为相似，虽然除了自杀殒命外，二者的共同点寥寥无几。奥瑟罗作为戏剧人物是孤立无依的，而事实上也是如此，这个摩尔人是柏柏尔人与阿拉伯人的混血，在第二故乡威尼斯，算得上是无根之人。

1　朱生豪译：《莎士比亚全集》，第四卷，北京：人民文学出版社，1994年，第492页。

2　朱生豪译：《莎士比亚全集》，第五卷，北京：人民文学出版社，1994年，第566页。

3　耶稣对他（跟随耶稣的一个人）说："收刀入鞘吧！凡动刀的，必死在刀下。"（《马太福音》26:52）

威尼斯的摩尔人是个光芒耀目的文学形象。可是，如果毫不犹豫地接受他对自己的评价，便会误入歧途。这位主人公善会做戏。很奇怪，此人说话时，似乎意识到使用的是莎士比亚的无韵体诗行：

> 决不，伊阿古。正像黑海的寒涛滚滚奔流，奔进马尔马拉海，直冲达达尼尔海峡，永远不会后退一样，我的风驰电掣的流血的思想，在复仇的目的没有充分达到以前，也绝不会踟蹰回顾，化为绕指的柔情……

奥瑟罗在剧终时死去。悲剧英雄大约都是如此结局。但他决意要高调地退出这个舞台：

> 请你们把这些话记下，再补充一句说：在阿勒坡地方，曾经有一个裹着头巾的敌意的土耳其人殴打一个威尼斯人，诽谤我们的国家，那时候我就一把抓住那受割礼的狗子的咽喉，就这样把他杀了。（以剑自刎）。[1]

一位评论家不无讥讽地评论道，这个情节异峰突起，精彩绝伦。这家伙虽饮剑自绝，却仿佛是自我标举。即便是临死前，都不放过粉饰自己的机会。

1　两段引文均出自朱生豪译：《奥瑟罗》，《莎士比亚全集》，第五卷，北京：人民文学出版社，1994年，第625页及第680页。

若将奥瑟罗放在整部剧中看，审视其塑造方式与主题、情节、氛围、意象等如何交织一处，我们所得关于文学人物的观念，将与他的截然不同。他不再显得一切尽在掌握。这般谈论人物便不至于给人错误印象，以为讨论的是公寓大楼里的各色人等。哈姆莱特不仅是个郁郁寡欢的年轻王子，也是整个剧借以表达思想的媒介，代表了远远超出其自身的观察世界、感受世界的模式。他既满腹思虑，也充满洞见，绝不仅仅是有个阴险继父的大学生。我们仍需审视塑造人物的各种技巧。是仅仅将特定的文学人物呈现为一种类型或象征，还是赋予她细致的心理活动？是从内心来刻画她，还是借助他人的视角？在读者或观众的眼中，她前后一致，还是自相矛盾？是静止的还是发展的？其形象是清晰的还是模糊的？我们看到的人物是丰满的，还是沦为情节的附庸？他们是通过自身行为与相互关系获得清晰的定义，还是作为孤立于躯体的意识隐隐呈现？他们是活生生的存在，还纯是语言的造物？是一望即知，还是玄妙莫测？

从司汤达、巴尔扎克到托尔斯泰、托马斯·曼的伟大欧洲现实主义小说的成就之一，便是刻画人物与环境间错综复杂的关系。此类小说中，人物往往陷于相互依存的复杂关系网中不得脱身。他们是远强于其自身的社会历史力量的产物，由他们断断续续意识到的诸多过程所塑造。但这并不是说，他们被这些力量玩弄于股掌之间。相反地，在决定自己命运的时刻，他们绝不会坐以待毙。然而，整个现实并非寥寥几个伟大人物苦心孤诣、闭门造车的结果。正如乔治·艾略特所说，私人生活无不受到公众生活的影响。现实主义小说往往通过历史、社群、亲缘、制度来把握私人生活。通常看来，自我正是深嵌于这些框架之中的。一部文学作品的产生既有赖于作者，也有赖于多种因素；一个现实主义小说人物的产生亦是如此。这种现实主义模式与现代主义小说有所不同，后者通常只呈现单一而孤立的意识，比如贝克特的《马龙之死》或伍尔芙的《达洛维夫人》。

现实主义传统下的人物通常性格复杂、真实可信、形象丰满，有不少比隔壁邻居真实得多，有些甚至比隔壁邻居更讨喜。倘若少了这些逼真的人物，尤其是那些已经成神话和传奇的，世界文学便会黯然失色。即便如此，我们不该忘记，现实主义人物观只是诸多人物观中的一种。尚有大量文学作品并不热衷于告诉读者主人公早餐吃了什么，或者司机的袜子何种颜色。《新约》将耶稣当人物来呈现，但无意深入其内心。心理探究与《新约》的主旨无关，它不想成为一部人物传记，甚至连中心人物的外貌都不曾提及。福音书的作者们若参加创意写作班，也许会拿到丢人现眼的低分。

许多文学杰作中也存在对人物心理的相对忽视，比如《以赛亚书》、但丁的《神曲》、中世纪神秘剧、斯威夫特的《格列佛游记》、笛福的《摩尔·弗兰德斯》以及布莱希特的《三便士歌剧》等。伊夫林·沃是二十世纪最优秀的英国作家之一，他曾说，"我认为，写作并不是对人物的深入挖掘，而是语言的操练，对此我甚为痴迷。我并不单纯地对心理活动感兴趣，吸引我的是戏剧冲突、人物言语和情节事件"。对此言，亚里士多德该是心有戚戚，而司各特·菲茨杰拉德却会不明就里。

现代主义者所探寻的，是适合后维多利亚时代的新的人物塑造模式。关于人之为人的感受，卡夫卡与乔治·艾略特的观点不尽相同，《五十奥义书》和《但以理书》的无名作者们，更有迥异的看法。艾略特将人物视作"过程与揭示"，伍尔芙或贝克特却不肯苟同。对后者而言，人不具备此种一贯性与连续性。典型的现实主义小说人物往往比较稳定，性格言行相对统一，就像艾米·杜丽[1]或大卫·科波菲尔，而不像乔伊斯笔下的斯蒂芬·戴达勒斯或 T. S. 艾略特诗中的老人[2]。因此，与当今时代相比，其所反映的时代里，人的身份问题总体上并未造成多大困扰，人们依然将自己视为自身命运的代理人，依然能够敏锐地感觉到自己与他人的界限。他们的个体历史与群体历史，尽管跌宕起伏，却似乎展现出发展的连贯性，而且最终大多以欢喜结尾，而非以灾难告终。

1　艾米·杜丽：狄更斯小说《小杜丽》中的女主人公。
2　这首诗的题目就是《老人》(Gerontion)，形式上是一位老人的戏剧性独白，追忆他已丧失的生活能力与精神再生的最后希望。

66　　　与之相反，现代主义使整个身份概念陷入危机当中。在乔伊斯的《尤利西斯》中，斯蒂芬·戴达勒斯与利奥波德·布鲁姆这对主人公在都柏林街头漫无目的地游荡，似乎对自己的生活多少有些把握。然而，这是对他们的某种嘲弄，因为读者心知肚明，他们的所作所为，大多是由该书潜在的荷马式情节所决定的。他们的生活已如此这般事先写定，自己却依然蒙在鼓里，因为他们不是该书的读者，而是书中的人物。他们与潜在荷马式情节的关系，类似于自我与潜意识的关系。后文中我们将看到，现代主义还将正统的叙事概念置于怀疑的目光之下，因为在它所处的世界中，对人类事物提出统一、连贯、涵括一切的描述是困难的。譬如，《尤利西斯》里几乎没发生任何事情。马拉巴岩洞中有无事情发生，至少是难于确定的。某位评论家有句名言，说在《等待戈多》中，没什么事情能超过两次，第一次在第一幕中，第二次在第二幕里。

　　可见，现代主义者试图质疑传统的人物观念。其中某些人将文学人物的心理复杂性推到极致，致使传统意义上的人物开始解体。一旦认识到人的意识幽深莫测，对人物的界定便难于像司各特的罗布·罗伊[1]或史蒂文森的吉姆·霍金斯[2]那样清晰。相反，人的意识会溢出边缘，渗入周遭环境，潜入他人意识。这点在

1　司各特小说《罗布·罗伊》的主人公，苏格兰高地人的氏族首领。
2　史蒂文森小说《金银岛》中的主人公。

弗吉尼亚·伍尔芙的小说中尤为明显，其人物身份比特罗洛普和哈代作品中的更为飘忽不定。后现代主义者往往认为，这种不定性未必值得颂扬，它也许牵扯到失落与焦虑而导致的创伤意识。身份感太弱与太强都令人深感无助。

　　自我若与其变动不居的经历密不可分，便不再像班扬的埃弗里曼[1]或莎士比亚的科利奥兰纳斯那样前后统一、始终一致，也便难于连贯地讲述自己的故事，其信念与欲望也就未必能够携手构建完美的整体。同样，具有此类人物的作品亦复如此。从亚里士多德到今日，批评家们往往认为，文学作品理应是紧凑统一的整体，毫无游离在外的象征，或者一根凌乱的青丝。可这点就那么重要吗？难道冲突与不和谐就一无可取？正如伍尔芙有时认为的那样，自我也许不过是偶然之感觉与知觉的聚合，其核心处却空空荡荡。乔伊斯的利奥波德·布鲁姆便具有这等现代主义头脑，对感觉碎片有所反应，但缺乏连续性。诚然，乔伊斯殚精竭虑、细致入微地刻画这个人物，赋予了他丰满的形象，但其目的之一，是戏仿嘲弄现实主义或自然主义的人物观。乔治·艾略特若是描绘了人物用早餐的场景，乔伊斯便会更进一步，展现主人公如厕的情形。

_____

1　埃弗里曼（Everyman）：意为"常人"，是十六世纪（约1529年）英国道德剧 *Everyman* 的主人公；该剧大约是十五世纪一部荷兰同名神秘剧的英译。剧中，Everyman 受到死亡（Death）的召唤，于是邀请友人 Kindred（亲属）、Good Deeds（善行）、Goods（货品）、Knowledge（知识）、Beauty（美貌）、Strength（力量）一道同行，但最终只有 Good Deeds 愿陪他上路。此处 Everyman 当指《天路历程》的主人公 Christian（基督徒）。

67

这个心存异念的爱尔兰人创作出布鲁姆，为的是给坚定的英国现实主义者一记响亮的耳光。另一位视世俗为粪土的爱尔兰人奥斯卡·王尔德以勾引英国人为业，他说真理不过是"前一刻的心情"。对他而言，真正的自由意味着不拘一格的自我，意味着随心所欲与英国贵族公子哥儿行鱼水之欢。

现代主义作品另有一招来解构种种传统人物观，这便是对塑造人物最深层自我的诸种力量进行一定程度的揭示。D. H. 劳伦斯曾声称，对人物或个性他并不关心，因为他所探究的自我深藏于人的自我意识之下。弗洛伊德的理论问世后，正统的身份观念注定遭到质疑。能够意识到的生活，不过是自我冰山的一角。劳伦斯所探究的自我位于观念、情感、个性、道德观或日常关系之对岸的某处，属于某种黑暗、原始、极端非人的存在领域，而涉足此处是现实主义作家想都不敢想的。劳伦斯眼中的自我是无法把握的，它自有其神秘逻辑，也会自在而行。对自己而言，我们就是陌生人。如果我们不能掌控自己，便也无法将自己的身份强加于人。所以说，这套观念既涉及伦理，也涉及政治。

T. S. 艾略特也对单纯挖掘心理活动嗤之以鼻，对个人性格大不以为然。他热衷于塑造个体的神话与传统。其作品试图发掘出这些更为深层的力量，而这些力量远在个人意识之下埋藏着，位于某种集体无意识之中，它是人类共有的永恒神话与精神智慧。诗歌的意识层面意义也便不甚要紧。正因如此，艾略特不大看重读者对其作品的阐释，反而极为关注其诗歌对直觉、神经系统及无意识的震撼性影响。艾略特常被视作令人生畏的智性作家，也就未免有些讽刺意味了。他的诗作充满了神秘的象征和博奥的典故。然而，若要为其作品定性，"智性"一词远不够恰当。构成他诗歌的材料，不是观念，而是词语、意象与感觉。事实上，他根本就不相信，诗人可以在诗歌中思考。

艾略特秉持这种反智主义态度，他曾说，他心目中的理想读者应该从未受过教育。他曾宣称，自己虽然对意大利语一窍不通，却能欣赏但丁的原著。你若觉得《荒原》和《四个四重奏》令你一头雾水，那就太傻了，其实，在某种崇高的层面上，你对它们的意思始终了然于心。之所以如此，原因之一是，那些有幸生活在欧洲的人，不管有没有意识到，都是所谓"欧洲意识"的一部分。不过，一位印度尼西亚渔民大概也能明白《荒原》的意思，因为对这首诗所依据的伟大精神原型，他有着直觉的认识。他懂英文当然更好，但这大概不是什么绝对条件。对文学专业的学生而言，不花心思便能读懂《荒原》不啻为令人心下大慰的好消息。广义相对论也该是如此吧。也许在内心深处，我们全都是核物理学家也未可知。

巴尔扎克或霍桑所熟知的人物观在现代已没有市场，这尚有另一个原因：在大众文化与大众商业时代，人变得愈发没有特点，难于相互区分。奥瑟罗与伊阿

69

古的区别一目了然，而贝克特笔下的弗拉第米尔与爱斯特拉贡却难分彼此。艾略特也曾表示，《荒原》中的人物缺乏明显的差别。我们已经看到，利奥波德·布鲁姆作为个体虽然形象鲜明，但是，他也是芸芸众生中的一员，其思想与情感并非异于他人，其头脑也是平庸之极。弗吉尼亚·伍尔芙笔下的人物往往难辨彼此，其情感与感觉如振动波般从一人传递到下一人。于是越发难以确认，究竟谁是某个特定体验的主体。乔伊斯的《芬尼根守灵夜》有是有人物，可他们如梦如幻，似乎在不停地融合、分裂、消散、重组，内部分泌出整个一系列碎裂的自我和临时的身份。或许我们可以说，在大量现代主义作品中，真正的主人公不是这个或那个人物，而是语言本身。

70   *　*　*

现在，让我们来详细考察一个特定的文学人物。在维多利亚时代小说的女性人物中，托马斯·哈代所著《无名的裘德》中的苏·布莱德赫算得上别开生面了。然而，这部小说给没有戒心的读者挖了个陷阱，似乎故意引导读者将苏斥为堕落、风骚、水性杨花的坏女人，结果有许多读者乖乖地就上了钩。一位严厉的道德家如此评价苏：

> 说到底，真没什么好为她辩护的。刚将初恋情人赶去见了上帝，她便把裘德搞上手，好享受

一下被人爱的滋味，可旋即便嫁给了费劳孙，这也就罢了，对自己的丈夫却甚是冷淡，令人好生纳闷，不知她葫芦里卖的是什么药。在这个过程中，她对裘德的冷漠令人咂舌。婚后她拒绝和费劳孙同床，把他扔到一边，回过头又去找裘德，一时间让这位教师丢了差事，可却同样不愿与裘德共枕同眠。后来由于妒忌阿拉贝拉，便答应嫁给裘德，不过没多久便改了主意，最终回到了费劳孙的怀抱，让裘德含恨而死……问题在于，我们如何能不仅仅把她看作一个反复无常的女人，满腹小伎俩，动不动就生气挑事儿，虽然在某种程度上，这番描述毫无疑问再贴切不过。

四十年前，我给这部小说的新威塞克斯版写序时，想来也是持同样看法。可如今看来，不幸的是，这番描写全没说到点子上。苏并未动不动生气挑事儿。书中她只生过一回气，而且也没挑什么事儿。况且，她也不像上文中说的"满腹小伎俩"，是个工于心计的人。说她将初恋情人赶去见了上帝，究竟没有确凿的依据。那人说给她伤透了心，可这番指责显得相当荒谬。死于伤心的人原就不多，何况苏的初恋情人本已病入膏肓。对于裘德，她也没有"冷漠（到）令人咂舌"的地步。费劳孙被迫辞职并不是她的错。上面那段话简直是一派胡言。苏若活在今日，定会告他毁人清誉。然而，她若控告 D. H. 劳伦斯，肯定会得到更多赔偿金,因为劳伦斯在《哈代研究》中丑化她,说她是个"男人婆",一个"死守着'男性原则'的'老妖婆'",根本就"不是个女人"。特别奇怪的是,劳伦斯还指责她"阳痿"。于是,苏确乎是个男人,可又不是个真正的男人。性别混乱到这个地步,也算是登峰造极了。

我对苏的这种读法,自然只是诸多阐释中的一种,这也是替年轻时的我说句公道话。不过,说她这个人妒忌、任性、反复无常,并不冤枉她。然而,有这些缺点也罪不至死。一旦明白苏对于性关系的深深恐惧,她的多数行为便不难理解。之所以恐惧,倒不是因为她生活在谈性色变的维多利亚时代,真正的原因恰恰相反。她是个思想开化的年轻女人,关于婚姻与性,有着颇为大胆的进步观念,对于宗教信仰,则持有一定的怀疑态度。具有讽刺意味的是,恰恰是因为持有进步观念,她才对性有所戒备。在她眼里,婚姻与性是剥夺女性独立的陷阱,而该小说也完全赞同这一观点。"裘德说:'是该怪妇女呢,还是怪那些人为的制度?它们竟然将正常的性冲动变成邪恶的家庭陷阱和套索,将有所追求的人套牢,紧紧地控制住。'"(现实生活中人们会不会如此说话,那是另一个问题。)若说她拒不承认对裘德的爱,由此导致二人遭受灾难性的后果,那么究其原因,并非她冷酷无情,而是她清楚地认识到,在此等社会条件下,爱情注定无法摆脱受压迫的命运。两性关系就是征服与被征服的关系。

正如哈代在《远离尘嚣》中所写的那样，"女性很难用男性创造出来以表达情感的语言来表达自身内在的感受"。

若说苏无法下决心与裘德厮守，查其原因，并非她水性杨花，而是因为她珍视自由。小说跟我们交代，她打小就是个假小子；这种中性状态令她处于传统的性别行为之外，也便难以理解男性对她的情色之念。因此，她会不经意间伤害他们的感情。她更愿意与他们单纯做朋友。这部小说具有非凡的洞见，它认识到，维多利亚时代的性观念摧毁了男女间纯粹友情的可能性。虽然苏对性秉有超前的观念，但却注定只停留在一定的理论层面上，由此导致了其某些显而易见的反常行为。妇女解放在当时尚处于萌芽阶段，所以她的信念便会轻易地向社会压力低头。她因行为不当被大学除名，从而引起一场轩然大波，惊恐之下，便试图通过婚姻挽回自己的名誉，嫁给了多少令人反感的费劳孙，其结局之悲惨便不难想见了。

自始至终，苏对自己的评价都很低。这一自我认知其实大错特错，身为女性，她颇可敬佩；小说显示，真实的她与自我嫌恶的她，有着天壤之别。裘德与苏的养子将其亲生子女——吊死，继而自尽身亡；遭此巨变，苏对自己的鄙视达至了病态的极端。虽然这一事件太过虚假，但小说却懒得管真实与否，而是让苏哀呼道："真该用针把我浑身扎个遍，让坏水流个干净！"为内疚与自嫌所折磨，苏抛下了裘德，返回费劳

73

孙身边，令前者在悲苦与孤寂中撒手人寰。我在那篇序言中特意指出了这点，但并未提到，苏是为着再合理不过的理由离开她的伴侣的。一个为世人唾弃的女子，刚刚以不可思议的方式失去了亲骨肉，自然会以为这是上帝对她放浪生活的惩罚，从而最终屈从于正统道德规范。这一举动大可理解，尤其是因为，苏的女性解放意识尚处于萌芽阶段，依旧含混不定。这是一项进行中的事业，而非业已稳固的立场。面对汹涌的偏见与敌意，她得不到来自社会的援手，不得不孤身奋战，那么她还会有别的结局吗？

这部小说的悲剧在于，苏与裘德试图过一种同心合意的生活，但最终败给了男权政治力量。他们那样深挚坚定的爱情，也难免为社会制度所扭曲。该小说的一位评论者说，"性关系上染着斑斑血迹"。这部勇气非凡的小说揭露的，不是两性关系的陷阱与虚幻，而是这种关系的枉然与无奈。然而它绝不认为，这对男女的失败是命中注定的，与天道、上苍、恶毒的上帝有什么干系。怨只怨他们的尝试未逢其时，历史还没有为此做好准备。同样的，裘德以工人子弟身份入读牛津大学的尝试也注定会失败。事后他也承认，这是因为时机尚不成熟，而不是命该如此。他死后不久，牛津便专门为劳工阶层设立了一所学院，并且延续至今。话虽如此，这部小说仍以冷峻的现实主义笔触告诉我们，主人公试图闯进名叫牛津大学的愚昧机构，其实毫不值当。在哈代看来，为拒他于门外的学院修补围墙的活儿，比起院墙内大多数学问要有用得多。

评论家之所以轻易就把苏看成既冷漠又神经质的人，原因之一便是，我们主要借旁人的眼光看待她，没有多少途径进入其内心世界。在大部分篇幅里，她只为烘托裘德的体验而存在，自身并非独立的角色。若说她的形象模糊难辨，却又令探究之心欲罢不能，部分是因为读者看到的她，业已经过男主人公的需求、欲望和妄想之过滤。正如一位批评家所指出的，她给塑造成裘德悲剧的工具，而非自我的主体。因此毫不奇怪，裘德离世后，她便再也不见踪影。在此意义上，小说是女主人公边缘化的同谋；不过，对她的刻画也算得上细致入微。

* * *

《无名的裘德》的读者免不了对苏·布莱德赫产生同情，但也会发现，她并不是个容易理解的人物。书里没人能够真正拥有她，书的读者同样不能。小说请求我们体谅她，但并不意味着对她的矛盾言行视而不见。书中的某些人物，有时连裘德本人也在内，会将她难以捉摸的性子，错认为女性的永恒之谜。然而，总体上看，小说拒绝采取这种屈尊附就的观点。苏的"神秘"大多源自复杂且自相矛盾的两性关系，而当时的社会制度将两性关系用作压迫的工具。 75

大量现实主义小说希望读者认同书中的人物；即便不喜欢当真成为另一个人，也应该去体会那种作为他者的感受。现实主义小说使我们能够借助想象力，来再现他人的经验，从而令我们的同情心更为博大与深厚。在此意义上，这种文学样式无须说教，便具有了道德性。也可以说，它的道德性不是来自内容，而是源于形式。乔治·艾略特的确说教太多，不合现代人口味，但是，她对小说形式的看法也是如此。她曾在一封书信里写道："我热切希望的，是通过写作创造出一种独一无二的效果：读我书的人应该更能**想象**，更能**感受**他人的痛苦与欢乐；那些人与他们处处不同，但有一点是相通的，那就是所有人都在挣扎，都会犯错。"对艾略特而言，创造性想象是唯我论的对立面，它令我们进入他者的内心生活，而不是封闭在我们个人的圈子里，与他人隔绝开来。因此，艺术几乎等同于伦理。若真能以他人视角审视世界，便会更为充分地理解其行为方式与动机，从而较少地以高高在上的外部视角对之苛责。理解即是谅解。

　　这种宽仁的姿态值得赞许，但也颇有问题。首先，并非一切文学作品都鼓励读者认同其人物。其次，共情并非唯一的理解方式。事实上，纯粹从字面上看，共情根本就不是一种理解方式。若是"变成"你，我便会失去理解你的能力，那么这件事该由谁来完成呢？再说，当真要我们与德古拉[1]或《曼斯菲尔德庄园》中的诺里斯太太这样令人作呕的人物共情吗？（也许有

---

[1] 英国作家布拉姆·斯托克小说《德古拉》中的吸血鬼。

些个一心想做吸血鬼的怪咖，但多数人更愿意做奥德修斯或伊丽莎白·班纳特。）可即便我"变成"赫克托耳[1]或霍默·辛普森[2]，也只有在他们理解自己的前提下，我才能理解他们，只可惜霍默这种人对自己的了解几乎为零。在其《美国文学研究》中，D. H. 劳伦斯大肆嘲弄了所谓共情。他写道："沃尔特（·惠特曼）一旦了解到什么，便会立时与它融为一体。如果他得知爱斯基摩人坐着独木舟，独木舟里便立刻会坐着个身材矮小、皮肤发黄、油油腻腻的沃尔特。"这话虽有种族主义之嫌，但瑕不掩瑜，其批评的确切中要害。

索福克勒斯并没鼓动我们去同俄狄浦斯共情。该剧虽然希望我们怜悯那位难逃厄运的主人公，但"恻隐之心"（同情）与"感同身受"（共情）却不尽相同。若我们凭借想象同俄狄浦斯融为一人，那又该如何评判他呢？然而，这确乎是文学批评的重要组成部分。评判意味着与被评判者保持一定的距离；与此相宜的是同情，而非共情。古希腊文学并未要求读者感受利矛穿身或身怀鬼胎的感觉，而是将人物与事件呈现出来，以供评判。新古典主义作家如亨利·菲尔丁也是这个路数。他们希望读者以好笑、讥讽、同情的目光打量汤姆·琼斯，而不是跟着他爬上床。那张床已经人满为患了。

---

1 《伊利亚特》中的特洛伊的王子，特洛伊战争中的伟大英雄。后与希腊联军第一勇士阿喀琉斯决斗，战败而死。
2 美国卡通片《辛普森一家》中的父亲，头脑简单，脾气暴躁。

马克思主义戏剧家贝尔托·布莱希特在希特勒时代进行创作，此公认为，在戏剧舞台上与剧中人物共情，会有令我们批评锋芒钝化的危险。在他看来，这种做法大受当权者的欢迎。共情抬高了情绪，贬低了批评理性。出于其马克思主义信仰，布莱希特坚信，社会存在由矛盾构成，而这些矛盾根植于人的身份当中。若想真实刻画凡间男女的众生相，便要展现他们的多变性、矛盾性与自我分裂。在布莱希特眼中，人物应内外统一、前后一致的观念是虚妄的。它压制了自我的内在冲突，而这冲突也许会带来社会变革。在他的一篇短篇小说中，离村数年的科尔纳先生回到家乡，邻人开心地说他一点儿没变。布莱希特写道："科尔纳先生的脸一下子变白了。"司各特或巴尔扎克的人物观背后有着某种政治观；布莱希特的人物观背后有着另一种。在丹麦共产党历史上，他是唯一还未申请入党便被禁止加入的人。

想象性同情只是理解人物的一种方式，此外，它尚有某些更为根本性的局限。似乎所有地球人都认为，"创造性想象"一词，就像"我们明儿个去马拉喀什"或"再来一瓶儿健力士"一样，明摆着充满了正能量。可再怎么说，想象力都不一定是正面的。连环杀手真得有些想象力才成。想象力不但能构想出积极向上的画面，也能构想出黑暗病态的场景。人类发明的每一件致命武器，都是想象力的恶果。想象力虽然被公认为人类一项最高贵的天赋，但它与幻想的极端相似令人惶惑不安，因为后者在人的才能中只算是末流。

话又说回来，感你所感并不一定能提高我的道德水准。即便虐待狂也想知道受害者的感受。有的人想了解你的体验，为的是更好地利用你。纳粹杀害犹太人的原因，并不是无法与其感同身受。对其感受他们根本不屑一顾。我无法体会分娩的痛苦，但并不意味着对经历此种痛苦的人冷漠无情。再怎么说，道德感与感受关联甚微。看见有人一枪打掉自己半个头，你会一阵作呕，但要是你想奔过去救人，这恶心就算不了什么。相反的，虽然你对失足落入窨井者深感同情，却不施援手，而是蹑手蹑脚沿着条小街溜之大吉，那么见义勇为奖你想都别想。

文学有时被认为是种"代入式"体验。我无法得知生为臭鼬是何等感受，但以臭鼬为主人公的动人故事，大约能令我突破这种局限。不过，知道臭鼬的感受也没什么特别的价值。成天挖空心思想象真空吸尘器的感受，并不能证明我的想象力如何崇高。身为吸尘器并不会有什么样的感受。虽然某些浪漫主义者认为想象应当高于真实，但事实并非总是如此；他们的观点反映出对日常现实的负面态度，着实令人费解，因为这意味着，不存在的总比存在的来得光鲜诱人。这话用来说唐纳德·特朗普也许没错，但用在纳尔逊·曼德拉身上就有失公允了。

毫无疑问，阅读文学作品有助于丰富我们的体验。可问题是，某些可以切实纠正的不足，却通过阅读得

78

到了补偿。譬如，有钱有闲的人可以去巴基斯坦与阿富汗边界的山区探险，但地球上绝大多数人缺乏享受此等体验的资源，且不愿为了免费获得这种机会而加入基地组织。他们只能退而求其次，转而阅读旅行手册。然而，若是财富分配更为公平，且人们不怕挨枪子儿，那个地区也许会人满为患。阅读孤独星球旅行指南有个好处，那就是不会有人喂你吃枪子儿。十九世纪的文学作品，有时会推荐给工人阶级阅读，好让他们获得现实中不可得的体验，比如策马纵犬狩猎，比如嫁给子爵为妻。可见，关于诗歌小说为何值得一读，早就存在许多令人信服的理由。

第三章　叙事

某些小说的叙述者据说具备全知能力；也就是说，他们对自己讲述的故事应该了若指掌，而读者对其所讲所述也不应置疑。如果小说开篇写道，"仪表堂堂、结实富态的巴克·穆利根从楼梯口走了上来。他端着一碗肥皂水，碗上十字交叉地架着一面镜子和一把剃刀"[1]，那么，读者若大叫"不，他没有！""你怎么会知道？""别跟我瞎扯！"，则根本无济于事。看到扉页上"一部小说"的字样，我们便明白，这些话说了等于白说。我们应该服从叙述者的权威。他说穆利根端着碗肥皂水，我们就得乖乖依着他，制造出这个幻象，就像我们会依着蹒跚学步的孩子，只为他一时快活，制造出他是国际货币基金组织主席的幻象。

然而，服从叙述者权威并没什么风险，因为不需要付出多大代价。人家也没逼我们相信，有个叫巴克·穆利根的家伙端着一碗肥皂水。确切地说，只是要求我们装出相信的样子。只要看到"一部小说"的

1　出自乔伊斯的《尤利西斯》，见金隄译：《尤利西斯》，北京：人民文学出版社，1994年，第2页，引用时略有改动。

字样，或者干脆就知道这文本是虚构的，我们心里便清楚，作者根本就没打算骗我们，说这事儿真的发生过。他写这句话并不是为了描述真实的世界。据说在十八世纪，有位主教读完乔纳森·斯威夫特的小说《格列佛游记》，便直接扔进火里，同时义愤填膺地说，这书简直一派胡言。显然，他原以为这故事是真的，后来才怀疑是虚构。虚构嘛，那是自然。这位主教对该书嗤之以鼻，就因为它纯属虚构。

如果这句关于穆利根的话不是为了糊弄我们，那么便会得出一个怪论调：它既非真话，也非假话。究其原因，只有关涉现实的论断才能说真道假，而该句不在其列，仅是看起来像罢了：徒具其形，却无其实。因此不指望读者会信它，但也不希望读者嚷嚷说"得了吧"或"一派胡言"。这么讲，意味着作者意图对世界做出真实的表述，但显然情况并非如此。同样的，一句"早上好"听上去像是在道出实情（"这是个美好的早晨"），但实际上在表达愿望（"你今早肯定会过得不错"）。但这句问候就像"饶了我吧""你瞪谁呀"或"你这个两面三刀的腌臜货"，都无法判断真伪。既没有拉斯柯尔尼科夫[1]这个杀了人的俄国大学生，也没有威利·洛曼[2]这么个潦倒失意的推销员。然而，在文学作品中，这么说也并不为假，因为作品并未声称确有其人。

---

1 陀思妥耶夫斯基作《罪与罚》中的主人公。
2 阿瑟·米勒《推销员之死》中失意潦倒的推销员。

全知叙述者是无形的声音，而非具体的人物。他们虽无名无姓，没有身份，却是作品的中枢神经。话虽如此，也不能就说他们表达了作者本人的思想与情感。前文中我们已经看到这样的例子：在 E. M. 福斯特所著《印度之行》的开篇处，叙述者是全知的，但其态度并不一定属于福斯特自己。昌德拉布尔城子虚乌有，对它福斯特也就不会有何看法。对印度他自有其观点，但那段文字既可以是体现观点，也可以是营造文学效果。作家与作品的关系很少是简单明了的。肖恩·奥凯西[1]的剧作《犁和星》无情地嘲笑了名叫"小伙子"的人物；此人满嘴都是马克思主义术语，固执地认为工人斗争高于民族解放。然而，奥凯西本人正是一位马克思主义者，小伙子宣扬的也正是他笃信的。乔伊斯的《青年艺术家画像》结尾处，主人公洋洋洒洒、广征博引地大谈美学见解，其中某些观点想来乔伊斯本人也不以为然。不过，小说并没有跟读者讲。

有的时候，小说的叙述者究竟是谁都不甚明了。例如索尔·贝娄的小说《雨王汉德森》中的这一段：

> 光线是从我头顶上一个狭窄的洞口射下来的，这束光线原来是黄色的，可是落在石头上就变成了灰色。洞口安了两根尖铁，即便是小孩子也爬

1　肖恩·奥凯西（1880-1964）：爱尔兰剧作家，爱尔兰文艺复兴的核心人物之一。代表作为以都柏林为背景的三部曲《枪手的影子》《朱诺和孔雀》《犁和星》。

不进来。我向四周审视了一下，发现在花岗岩上开出了一条小小通道，向下通往另一条楼梯，也是石头砌成的。这道楼梯较狭窄，一直通到下面很深的地方，而且我很快就发现阶石断裂了，裂缝里长出了草，露出了泥。"国王，"我大声叫道，"国王，嗨，你在下面吗，陛下？"可是下面毫无动静，只有一阵阵暖气冲进来，吹动着蜘蛛网。"这家伙急急忙忙干什么呀？"我心里想……[1]

83　　这段话按说该出自主人公汉德森之口。可他是个粗线条的美国人，高声叫两句"国王，嗨"或者"这家伙急急忙忙干什么呀"还算正常，却不大可能讲出黄光落在石上变灰光这样诗意的语言。"我向四周审视了一下，发现在花岗岩上开出了一条小小通道……"这般文法俨然的句子，也不大可能出自其笔端。这是一种混合叙述，汉德森的声音与作者老练的语气交织一处。要是不能突破主人公的意识，小说的语言便未免过于局限。不过，它也凸显出主人公的言语风格。

前面说过，全知叙述者对自己讲的故事了如指掌，但偶尔也有例外。譬如，叙述者也许会对故事中的某事假作不知。有部平庸的侦探小说叫作《闸边足印》，其中有个人物点燃一根劣质香烟，颇为势利的作者却装作不知是什么牌子。虽然我说"装作"，却并不是说

1　译文引自王敏渚译：《雨王汉德森》，《索尔·贝娄全集》第三卷，石家庄：河北教育出版社，2002年，第242页。

他心知肚明却隐瞒实情。倘若没告诉读者是什么牌子，便表明了没有牌子。在此我们遇到了个稀罕事儿，一根没有品牌的香烟（若是手卷烟，问题便会很棘手，此处姑且不论）。在文学作品中，这种烟并不罕见；同样的，也可以空有咧嘴的笑，却不见咧嘴的猫[1]，或者碰到一只操阿尔巴尼亚语的鸵鸟；也会有人一边在英国伯明翰喝威士忌，一边在亚拉巴马州的伯明翰做脑科手术。就此而言，现实生活就没这般精彩纷呈了。正如奥斯卡·王尔德所言，艺术中真与假可以并行不悖，比现实生活更为经济节省。这让人想到塞缪尔·贝克特小说《莫洛伊》结尾的几句："是午夜了。雨敲击着窗户。那会儿不是午夜。那会儿没有下雨。"

除了全知叙述者，还有不可靠叙述者。亨利·詹姆斯所著《螺丝在拧紧》中，叙述者家庭女教师十有八九是精神错乱。詹姆斯跟读者玩了个狡猾的游戏，一面提供足够的证据让我们相信她的讲述，一面诡秘地处处暗示，提醒我们不可轻信。我们已经看到，《呼啸山庄》里丁耐莉的叙述不十分可靠。简·爱讲述的故事也夹杂着诸种情绪：自尊、怨恨、嫉妒、焦躁、挑衅、自利。约瑟夫·康拉德笔下的某些叙述者，特意让读者注意到其阐释能力的局限性。对于自己讲述的事情，他们一时明白，一时又糊涂。康拉德所著《在西方的注视下》中的叙述者便是如此；类似的还

84

1　指的是《爱丽丝漫游奇境》中的柴郡猫，喜欢咧着嘴笑，能凭空出现或消失，消失以后，笑容还挂在半空中。

有福特·马多克斯·福特的《好兵》及托马斯·曼的《浮士德博士》中的叙述者。此类叙述者对故事意义的理解兴许还赶不上读者。我们能看到他们看不到的东西，或许也明白他们看不到的原因。

乔纳森·斯威夫特《格列佛游记》的主人公，是出了名不靠谱的叙述者。游历似乎并未教会他什么，他的讲述既愚蠢，又不可靠。所有愚蠢的叙述者都不可靠，但不可靠叙述者并非都很愚蠢。该书的讽刺是围绕格列佛展开的，但作者巧施一箭双雕之法，也将格列佛变为讽刺对象。与异域生灵相处时，他削尖脑袋想成为其中一分子。比如在小人国，他迫不及待要认同其标准。曾几何时，他极力否认与身高仅数时的小人国女性有染，但在自我辩护时却对该指控的荒唐只字不提。他甚至蠢到为侏儒们赐予的封号而沾沾自喜。说白了，格列佛就是个笨蛋。

85　　斯威夫特是英爱混血，因而对两个国家都缺乏归属感。王尔德倒是想出了解决矛盾的办法，那就是活得比英格兰人还像英格兰人，这一策略便体现在格列佛的谄媚逢迎中。小说接近尾声时，他已与马形的慧骃人相处了一段时间，于是便小步快跑着学马叫。叙述者在自己的故事里精神失常的情况倒真不多见。然而，在其他时候，格列佛于当地风俗并无接触，就像蠢笨却自满的英国人，根本意识不到自身的文化偏见。要么远离现实，要么纵身而入，他一向如此。斯威夫特借叙述者来揭露他人的残暴与腐朽，却也在叙述者自己的讲述中对其大加讥讽。

故事若是从某个特定人物角度来讲述的，离开这个视角大概便没那么容易。一部文学作品倘若采用了青蛙的视角，便要冒被囚禁在青蛙世界里的风险。超越其叙述者的意识是相当困难的。叙述者是青蛙的实不多见，是孩子的倒还不少。这样安排自有其妙处，《麦田里的守望者》的少年叙述者深受喜爱便是明证，但也难免会有缺陷。从孩子的角度看世界，会令它露出鲜为人知的面目。正如华兹华斯所意识到的，这就等于用崭新的眼光直观地体察客观事物。然而，孩子的观察方式自然有其局限性。（亨利·詹姆斯的小说《梅西知道什么》是个突出的例外，主人公是个叫梅西·法兰奇的小姑娘，她似乎跟作者一样无所不知。）狄更斯的大卫·科波菲尔告诉我们，小时候的他能够看到的只是片段，而不是整体。颇具反讽意味的是，狄更斯本人往往便是这样看待事物的。孩子眼中的现实也许是生动的，但难免支离破碎，而狄更斯自己观察世界的方式却也常常如此。因此，他频繁地透过孩子的眼睛注视世界，便毫无违和之感。

儿童叙述者有限的视野，总令他们难以弄懂自己的经历，也就导致了某些好笑或可怕的情境。不过这也意味着，奥利弗·退斯特这样的人物对令他深受其苦的制度毫无认识。他想要的不过是遇到麻烦有人帮忙，这种心思我们自然是懂的。可是，若是缺乏对制度运作的认识，不知道如何改变它，那么会有更多孩子抬起头，目光越过班布尔先生[1]的大肚皮，想多讨一口稀粥。在这本早期小说中，狄更斯本人似乎都没认识到，除了个人残暴或人的基本需求外，还有更深层的问题。真正险恶的，是整个社会的冷酷逻辑，这点狄更斯直到后期才有所领悟。对此，我们会在后文谈到《远大前程》时深入探讨。

有些叙述者不仅不可靠，简直就是在欺骗。阿加莎·克里斯蒂的侦探小说《罗杰·艾克罗伊德谋杀案》的叙述者就是凶手，但讲述故事赋予他的权威令读者陷入了迷惑。侦探小说中，凶手通常是隐藏起来的，但隐藏他们的不是叙述，而是情节。我们知道，弗兰·奥布莱恩的《第三个警察》到结尾处才点明，叙述者在大半本书的篇幅里都是个死人；同样，威廉·戈尔丁的小说《品彻·马丁》末了让读者大吃一惊，因为他们发现，叙述者马丁在第一页就已溺水身亡。

在安德鲁·马维尔的诗作《致他娇羞的女友》中，男性叙述者显然被死亡的恐惧所折磨，因而催促情人放下处女的矜持，在二人踏进坟墓之前恣意欢爱。他算不上不可靠叙述者，但其情人与读者还是谨慎为妙，对其动机应保持警惕。他当真给生命与爱情的无常搅得心烦意乱吗？还是在想方设法弄她上床？这算不算人类历史上最具知性的勾女尝试？叙述者真是在思考生命的短暂，还是要个伎俩，劝情人趁青春年少，放

---

1 狄更斯小说《奥利弗·退斯特》中的反面角色，他是一个残忍自负的教区干事，主管孤儿奥利弗所在的救济院。奥利弗因向他多要一口吃的，而受到严厉惩罚。

纵肉体的欢愉？这首诗并未给读者以空间，去选择某个可能的答案。相反的，他让这些可能性在一种反讽的张力下并存，既玩世不恭，又迫不及待。大概叙述者也不清楚，自己是否很当真。

玛利亚·埃奇沃斯[1]所著小说《剥削世家》的叙述者萨迪·夸克是否可靠，批评家们莫衷一是。萨迪是爱尔兰贵族拉克伦特的老仆，表面上怎么看都算得上忠心耿耿。谈起那些黑心肠酒鬼主子们的历史，他很动情，谄媚之态溢于言表。自始至终，对主人的恶行他都表现出善意的纵容，即便是基特·拉克伦特爵士将妻子囚禁七载，在他看来也不过是可爱的小毛病。因此，该书可当作讽刺小说来读，讥讽的对象便是遭到欺骗与主人同流合污的仆从；然而，同流合污的受益者并非他们，而是主人。在此意义上，这部小说是警示愚忠的寓言。

然而，这并非唯一的解读。萨迪可以看作是典型的爱尔兰农民，表面上的恭顺巧妙地掩饰了内心的叛逆。或许他暗中活动，要推翻地主的统治，以实现盖尔人让平民拿回土地的古老梦想。小说中的蛛丝马迹也暗示，这个计划的确存在。表面上看，萨迪出于私心犯了些错儿，亦有失察之过，但很可能是有意为之。故事接近尾声时，他的儿子杰森终于攫取了拉克伦特家的产业，这里面大概就有父亲暗中襄助。若是

88

1　英国 - 爱尔兰作家。以写富有想象、有道德教育意义的儿童故事和反映爱尔兰生活的小说闻名。《剥削世家》(1800 年)讲述了一个爱尔兰地主家族的衰败。

这样，遭到萨迪蒙骗的不仅是主人，还有读者，他可从未向读者吐露过半点心思。从这个角度看，他是典型的爱尔兰农民，表面上唯唯诺诺，背地里两面三刀，白天嘴上发誓效忠主子，夜里鬼鬼祟祟溜出去挑断主人家牲口的脚筋。然而根据另一种解读，萨迪所愚弄的，不是读者，而是他自己。自以为对拉克伦特家忠心不贰，无意识间却在谋划他们的覆灭，这是自欺欺人的经典案例。讲述中，他竭力为主子的暴行开脱，没承想倒败坏了他们的名誉。因此，关于萨迪的动机，有着几种不同的说法，至于该选哪一种，读者却无从得知。

第三人称全知叙述是一种元语言，意味着至少在现实主义小说中，它不会在叙事内部成为批评或评价的对象。它是故事本身发出的声音，因而似乎不宜对它表示怀疑。只有在叙事停下来审视自己时，怀疑才有可能发生。一个著名的例子是，乔治·艾略特在《亚当·比德》中暂停故事，插入一个章节，来思索现实主义的某些问题、人物的性质、对下层男女的虚构呈现等等。在所谓书信体小说，即由人物间的通信构成的小说中，这等元语言或作者的画外音也许并不存在。多数戏剧形式亦是如此，因为观众听到的是人物的、而非作品自身的言说。本·琼生不可能跳出来告诉我们，该如何看待福尔蓬奈[1]，而萨克雷却可以在

1　本·琼生戏剧《福尔蓬奈》（又名《狐狸》）的主人公。

《名利场》中大声宣布，书中最可爱的人物之一是个笨蛋。

鉴于此，要弄清楚一部戏本身支持什么、反对什么绝非易事。譬如，莎翁名剧《威尼斯商人》中，鲍西娅有段关于慈悲的著名演讲：

> 慈悲不是出于勉强，它是像甘霖一样从天上降下凡世；它不但给幸福于受施的人，也同样给幸福于施予的人；它有超乎一切的无上威力，比皇冠更足以显出一个帝王的高贵……[1]

这番雄辩着实令人难以抗拒。然而，鲍西娅这番话看似规劝世人，实则大大出于私心，其目的是从可恶的犹太人夏洛克的魔掌中解救她的同类，威尼斯人安东尼奥这个基督徒。这座城市的基督徒对这可鄙的外来者不但从未表现出什么慈悲，而且还会在他输了官司后严厉地加以惩罚。不过这会儿，他们搬来鲍西娅做说客，正恳求夏洛克对那位骨子里反犹的安东尼奥网开一面。他们之所以指望夏洛克慈悲为怀，是因为不打算公正地对待他。夏洛克手握一份法律文书，上面规定，他有权从安东尼奥身体上割取人肉一磅；这条款虽然野蛮，但依照法律那一磅肉归他所有。再说，安东尼奥对此也无异议，甚至认为此乃情势使然。

1　朱生豪译：《威尼斯商人》，《莎士比亚全集》，第二卷，北京：人民文学出版社，1994年，第76页。

90　　　　如果说，夏洛克固执地死抠法律字眼儿是尊重法律，那么鲍西娅巧施诡计，战而胜之亦复如此；她指出，法律赋予他割肉的权利，但不能出血。这样吹毛求疵太过嚣张了，现实中的法庭是绝不会允许的。法律必须合乎常情，不应容忍两面三刀、鸡蛋里挑骨头的行径。无论怎么说，慈悲虽然不能出于勉强（或遭到强迫），但正义必须是强制性的。譬如，犯了什么罪，就该得到相应的惩处。慈悲为怀确是美德，但也绝不能打着慈悲的幌子来嘲弄正义。有理由怀疑，除了鲍西娅这番精彩言辞所暗示的，这桩公案尚有更多的曲折。然而，没有画外音提醒读者该怎么想，于是乎只能自寻答案了。

　　《哈姆莱特》中波洛涅斯给儿子雷欧提斯的忠告也面临同样的问题。这段话的最后几行常为人引用："尤其要紧的，你必须对你自己忠实 / 正像有了白昼才有黑夜一样 / 对自己忠实，才不会对别人欺诈。"[1]这当真是睿智的忠告吗？你若天生就是个骗子，而且决心忠实于自己的天性，那该会怎样？对于这番父亲的教导，莎士比亚会做何感想，我们不得而知。这番话带着浓浓的说教口吻，有些读者会觉得他在卖弄权威。不过话又说回来，波洛涅斯有时会说出些自命不凡的话来，有无道理颇值得怀疑。也许剧本不过是开他的玩笑，这种事儿它并没少做。或者灵光一闪之间，他一改平

1　朱生豪译:《哈姆莱特》,《莎士比亚全集》,第五卷,北京:人民文学出版社,1994年,第300页。

日的自大，拿出了真正的道德洞见。还有种可能，就是莎士比亚并未停笔自问，这番建议是否中肯；或者他对自己说，那建议虽说中肯，却只是谬论。或许他压根儿没想到，有人天生就是骗子。我们应当勇于指出诗人的疏漏。他的喜剧毕竟无法令人捧腹大笑。观看《第十二夜》时，我们通常不会歇斯底里地笑到抽搐，给人抬出剧场。

91

* * *

　　全知叙述者也会遭到质疑。读者也许会怀疑他们心存偏颇，见事不明。就拿叙事作品与其人物之间的关系来说吧。小说也许会将某个人物过度理想化；同样的，其情节安排也会源自对某个视角的过度偏爱。虚构作品会表露出对人物与事件的态度，明着也好，暗里也罢，对此读者免不了会提出质疑。曾有一位敏锐的批评家，如此评价格雷厄姆·格林小说《问题的核心》的主人公斯克比：该书对他的看法有失偏颇，不是太好，就是太差。即便除小说的说法外，我们一无可知，也不必把它的原话奉为真理。倘若小说告诉读者，女主人公眸子里有绿斑点，我们很难加以反驳。但若说她是卢克蕾齐亚·博尔吉亚[1]之后最毒的妇人，我们大约会根据书中对她的描写，对此提出质疑，而

1　罗马教皇亚历山大六世私生女，瓦伦蒂诺大公爵的妹妹。出身为贵族的她，长期赞助艺术家从事美术等相关事务，是欧洲文艺复兴时期的幕后支持者之一。为了满足父兄的目的，前后被出嫁过三次，因此后世冠以恶名。

不是选择轻信。小说可能觉得某个人物反应迟钝、心地柔顺或可鄙至极，但这些判断可能是错的。兴许无意之间，小说为我们提供了反驳其判断的依据。

D. H. 劳伦斯的《儿子与情人》或许可以作证。小说对其主人公保罗·莫雷尔的批评不言而喻，但尽管如此，却往往从他的视角来审视世界。可见，叙事与中心人物之间，有种秘而不宣的共谋关系。事实上，小说对他的评价，有时似乎要高过读者的。因为世界主要由保罗的眼睛去呈现，他的情人米莉安便没有多少说话的机会。我们想更多地了解她对保罗的看法，却不得其门而入。可以说，叙事是不怎么待见她的，单是其结构就充满了偏颇，这点米莉安的生活原型杰西·钱伯斯曾毫不犹豫地指出过。劳伦斯的《查泰莱夫人的情人》存在同样的问题，它拒绝让冷血人物克利福德·查泰莱发声，对他的刻画纯粹从外部着手。对比一下托尔斯泰在《安娜·卡列尼娜》中对乏味的卡列宁细致入微的描写，两者的差别便清晰可见。就算是劳伦斯本人，处理《恋爱中的女人》的杰拉德·克里奇时，也采用了迥异的手法。作者虽然对杰拉德这种人深恶痛绝，但刻画起来却至臻至美，毫不含糊。虽然他内涵有限，作者却尽量充分挖掘。与此相反，克利福德·查泰莱却被简化为类型人物，小说对他就是潦草地应付一下。况且他还身患残疾，而劳伦斯对坐轮椅的人可没那么仁慈。

乔治·艾略特的《亚当·比德》让读者多少能够

窥探海蒂·索雷尔的内心世界。她是个年轻女工，遭好色乡绅诱奸后诞下私生子。她将孩子杀死，因此被送上绞刑架，却在临刑前为人救下。这跌宕起伏的剧情大多从外部呈现，就好像海蒂缺乏值得探究的内在深度。她不是个有血有肉的悲剧人物，更像是人们同情的对象。她的姓氏"索雷尔"暗含"悲伤"[1]之意，但也是一种马的名称，可见作者对她并不如何尊重。末了，故事打发她去逃亡，如此这般，主人公亚当·比德便不必跟这位头脑空空的挤奶工成婚，而是得以迎娶一位品行高洁的妻子。不过，艾略特最杰出的小说《米德尔马契》并无此种偏颇，其叙述者像一场公共辩论中公正的主持人，要确保所有角色都有机会发言。即便是苍白的卡苏朋也概莫能外，一定要刻画成有感情、受折磨的人。这部书里没谁能独霸话语权。

93

《无名的裘德》也运用了艾略特对卡苏朋的处理方式。在小说的怂恿下，读者对古板迂腐的费劳孙免不了心生厌恶，而我们也看到，思想自由的苏·布莱德赫嫁给他是满肚子苦水。苏央求丈夫还她自由，可出人意料的是，这位众人敬仰的公民非但没有拒绝，反而慨然应允。不顾公众舆论，不顾失去心爱女人的痛苦，他就这般任性而为。这一无私举动令他丢掉了教职。小说拒绝将此貌不惊人的角色妖魔化，这是它对世俗观念的一次回击。对于妻子的悲哀，他的反应大

1　Sorrel 与 sorrow 音似。

度而不失尊严。换作是劳伦斯，十有八九不会这般宽容，根本不会允许他有内心生活。

在这个意义上，哈代笔下的人物与奥斯汀或狄更斯的不同，常常会令读者大吃一惊。他们会突然跳出窗外，会嫁令人生理不适的男人，会久坐树上纹丝不动，会脱下内衣救助掉落悬崖之人，会心血来潮在集市上卖掉妻子，会为一点小事拔剑挺身与人相斗。裘德在牛津一间酒馆里喝得酩酊大醉，高声背诵《尼西亚信经》，这种情形在我们附近的鸡尾酒吧里难得一见。此类事件缺乏真实感，对此，哈代小说却似乎并不觉得尴尬，甚至连注意都没注意到。它们将不同的虚构类型并置，现实也好，不现实也罢，一股脑塞进书里面，觉得这样挺好，也不费心硬弄成一种模式。

94　　《德伯家的苔丝》中对苔丝的处理，与艾略特对海蒂·索雷尔的截然不同。哈代显然钟爱自己的女主角，就像塞缪尔·理查逊钟爱克拉丽莎，于是决心为这饱受欺凌的年轻女人打抱不平。在此意义上，整个故事可以看作是对苔丝的深情补偿，以弥补某些人物对她的无耻玩弄。小说力图将她塑造为完整的女性，而不是像安玑·克莱那样将她美化，或是像亚雷·德伯那样将她肉欲化。

哈代这番宽仁用心也并非没有问题。小说虽力图刻画苔丝的内心，但也含情脉脉地凝视着她，对她的描绘亦引来读者类似的目光。不止一个批评家指出过，这个故事很难准确呈现女主人公的形象。小说虽然努力使她清晰可见，却发现在这个过程中，自己的声音或视角发生着变化。她性意识中的某些东西就拒被呈现。叙事中的一些关键点，比如她遭到诱奸的那一刻，其意识状态读者无从了解。她抵制叙述者（默认为男性）占有她的企图。关于她的种种看法交织一处，相互抵触，甚至相互矛盾，无法达到和解，形成统一的整体。小说试图展现她的个性，哪成想却动摇了我们对她的感觉。这部书随处可见扎、刺、戳的意象，似乎叙述者满脑子都是色情幻想，企图将主人公彻底占有。然而到了儿她都不肯就范。

有些小说在处理主题时通篇都带有明显的偏见。比如狄更斯的《艰难时世》对焦煤镇的描写就过于偏颇。这是英国北部一个工业城镇，是小说故事的发生地，对它的刻画是印象式的，仿佛出自一位坐火车的英国南部旅人匆忙间的一瞥。小说的主人公史蒂芬·布莱克普是个恭敬谦顺、具有道德良知的工人。在一次罢工中，面对工会施压他拒绝低头，小说的描述令读者不由得对他赞誉有加，而实际上史蒂芬毫无政治意识。他是因个人而非政治原因与工友们保持距离的。他孤孤单单地死去，而给人总的印象却是，有组织工运的一意孤行令他献出了生命。然而实际情况是，他的死没有任何政治意义。 95

小说所呈现的工运夸夸其谈、山头林立，隐隐有暴力倾向。这样一来，虽然对维多利亚时代英国的社会不公义愤填膺，它却将工运这一挑战不公的力量弃

若敝屣。这场罢工确有其事；狄更斯所写的新闻报道
对它深表同情，与小说所持的态度判然有别。事实上，
他大力颂扬了罢工工人的自我克制。《艰难时世》对功
利主义极尽讽刺之能事，而功利主义学说却在狄更斯
的英格兰推动了几项关键的社会改革。该学说的创始
人杰瑞米·边沁反对将同性恋定罪，这一开明立场在
当时足以惊世骇俗。小说出于愚昧无知，将功利主义
刻画为对物质的盲目崇拜，而事实上，这个学说远没
有那么肤浅。狄更斯的几位挚友就是功利主义者，因
此很难相信他没有意识到小说歪曲了事实。

即便读者希望故事对其主题表态，有可能它也不
会照办。伊夫林·沃的讽刺小说《衰落与瓦解》便是
如此。它透过主人公保罗·潘尼费瑟的种种经历，反
映出英国上流社会的荒唐可笑。保罗只是进入上流社
会的切入点，因此作者并未将他塑造成一个丰满的人
物。他不过是小说中心部位的空白，就像他的姓氏
（Pennyfeather, 意为"不值钱的羽毛"）般无足轻重，
对自己的经历缺乏反思能力。小说中有一出绝妙的黑
色喜剧：保罗因嫖妓与贩卖白人为奴而获刑七年，其
实他不过是替罪羊而已。然而，眼见司法不公到了如
此荒唐的地步，他却吭都没吭一声。

正因为保罗内心空虚，他才属于周围那个肤浅的
上流社会，才能对那个社会做出无比真切的反映。然
而，这也让他无从批判那个社会。这部书之所以充满
喜感，主人公无足轻重应该是原因之一，但这也令他

对上层社会狐朋狗友的所作所为无法提出质疑。对这些人物，小说谨慎地保持着中立态度，而这种不动声色的处理，也令小说愈发诙谐。这种文学手法很像是不动声色的表情，因为最震撼人心、最匪夷所思的事件都是漫不经心地讲述出来的。然而语调的中立也正合小说家沃的心意，毕竟他对上流社会有着深深的同情。

沃的喜剧有个诀窍，那便是清空人物的内心世界。但也许其人物本就无内心世界可言。这种手法便于揭露道德脆弱性，因此对他们非常不利。然而，倘若他们真如表面所示的那样内心空洞，就很难理解为何要让他们为自己的丑恶行径负责。荒谬的是，这些游手好闲之辈最受诟病之处，即他们仅是些纸一样单薄的人物，也正是令其免受批评的地方。

叙事会使出很多阴招，令自己占据先机。在乔治·奥威尔的《动物农场》里，一群动物占领农庄后，决定自己来管理，结果导致了灾祸。可见，作者是想写一部寓言，来影射苏联早期社会主义民主的破产。然而问题是，动物不具备管理农庄的才干。只有蹄子没有手的话，怎么来签支票，又怎么跟供货商电话沟通。诚然，动物们的试验不是因为这点才失败的，但它对读者的反应却有着不易察觉的影响。所以说，小说打一开始就带有倾向性。故事的构建方式，就是在帮作者实现其意图。这部寓言大概也在暗示，工人阶级太过愚蠢，无法管好自己的事情，这无疑有悖于这位左翼作家的初衷。附带说一句，这个书名可以读出些反讽的味道。"动物"与"农场"很是搭配，可在这里却相互抵牾。

威廉·戈尔丁的《蝇王》同样事先做好了手脚。故事讲的是一群小学生流落荒岛后，逐渐退化成了野蛮人。旁的且不论，小说想阐明的大约是文明的肤浅。就像约瑟夫·康拉德的《黑暗的心》所显示的，我们在外表下都是野蛮人，这一看法有力地摧毁了任何社会进步的希望。揭开小学男生的外表，便会看到一个野蛮的生灵。不过，选择孩子作为小说人物来证明这个观点，显得太过偷巧。再怎么说，孩子都只是半社会化的人，还无力完成如管理自己社区这般复杂的工作。说句实话，在这方面，有些孩子还不如奥威尔笔下的猪能干。他们在岛上试图建立社会秩序，但很快便土崩瓦解，这也在意料之中。因此可以说，《蝇王》的写作意图实现得太过容易了。若换个方式构建故事，其寓意便不会如此直白。正如戈尔丁本人所坚信的，人是堕落腐化的生物；可即便要证明这点，也不该拿一群没能整出个联合国的小孩子们来说事儿，他们不过是吓破了胆的学生。

叙事所呈现的东西与所讲述的内容会存在差异。约翰·弥尔顿的《失乐园》中便有个突出的例子。亚当决定与夏娃同命运共呼吸，于是也吃了那个致死的苹果。据诗中的描述，他的决定无疑出于对夏娃的爱：

不，不，自然的链条拖着我；

你是我的肉中肉、骨中骨，

是祸是福，我都不能和你分离。

亚当出于对夏娃的忠诚而甘冒生命危险。然而，
轮到他吃苹果的时候，诗句的语气陡然一变：

他不迟疑地吃了，

违反自己的识见，溺爱地被

女性的魅力所胜。[1]

"溺爱地被女性的魅力所胜"公然歪曲了上文中亚
当的心态。（"溺爱"在此意为"愚蠢"。）他勇敢的自
我牺牲之举也被贬为做鬼也风流的冲动。就在他拿过
苹果，准备与爱人一同赴死的当口，这首诗突然放弃
了对他的所有同情，换上了一种严厉的评判口吻，断
言他的行为出于自愿，绝无自欺之嫌，且对其灾难性
后果有充分的认识。神学家弥尔顿取代了人文主义者 99
弥尔顿，基督教义盖过了有血有肉的情节。

在丹尼尔·笛福的小说中，读者看到的与听到的
也存在类似的冲突。笛福的作品对日常物质世界极为
迷恋。在其作品中，我们发现了一种纯粹的叙事行为，
其首要问题永远都是"然后呢"。事件重要不重要，得

1　两段引文均出自《失乐园》（朱维之译，上海译文出版社，1984 年，第 349 及 352
页）第九卷"夏娃受诱食禁果"。

看它能否引出新的事件。这些躁动不安的叙事一股脑儿向前猛冲，没有什么谋篇布局的意识。笛福的故事缺乏逻辑结论或合理的结局。叙事的堆砌纯以自身为目的，活像资本家积累利润纯以积累为目的。仿佛叙事的欲念怎样都无法满足。在一个停步即停滞的世界里，歇脚只是为再次出发；就笛福而言，其叙事与人物俱是这般。鲁宾逊·克鲁索从荒岛归来，未几便再次踏上旅程，积累更多的冒险经历，承诺将来与读者分享。摩尔·弗兰德斯这种人物动作太快，丈夫一个接一个，小罪一桩连一桩，令人目不暇接，以至于身份都难以确定。他们活的就是心血来潮，就是险处求生，就是跟着感觉走（摩尔·弗兰德斯正是如此）。

显然，笛福对现实主义手法钟爱有加。詹姆斯·乔伊斯曾说自己的脑子像个杂货店老板的，这话说笛福也正合适。事实上，英国小说兴起之时，英国人正对日常生活的魅力产生无尽的兴趣。此前的文学样式如悲剧、史诗、挽歌、牧歌、罗曼司等等都远非如此。这些体裁关注的是神祇、出生高贵之人以及非凡的事件，对妓女和小偷兴趣寥寥。让摩尔·弗兰德斯这么个婊子来讲故事，就像让长颈鹿来讲故事一样不可思议。笛福虽不信英国国教，是个基督教异见者，然而对他而言，耽于日常生活之乐在道德上不足取，尽管其小说恰是这般。物质世界照理该指向精神世界，其本身不该成为目的。从真实事件中，我们应当寻找道德或宗教意义。于是，笛福以小报记者的方式向读者保证，他之所以报道耸人听闻的事件（盗窃、重婚、诈骗、通奸等），是为了让读者获得道德警示。然而，这番话显然言不由衷，因为故事与警示竟然相互抵牾。故事促使我们相信，人类历史为天意所指引，可这话怎么瞧都不可信。历史不过是偶然事件构成的章节，被贪婪的自利所推动，而非为道德构想所塑造。谈美德是要有资本的。这些小说宣扬的是一回事，呈现的却是另一回事。

在《哈代研究》中，D. H. 劳伦斯认为作家不该"把拇指伸进平底锅里"。他的意思是，虚构作品是诸种力量的平衡，有其神秘而自为的生命；故而，作者不应强行用自己的意图，来打破这微妙的平衡。他认为，托尔斯泰便是个反面典型，他亲手将自己的伟大创造安娜·卡列尼娜杀害，简直不可饶恕。劳伦斯将他称作"犹大"式作者，说他惧怕女主人公怒放的生命，于是将她推到火车轮下，这是十足的懦夫行径。在劳伦斯看来，那些令主人公沉沦的作家就是在"给生命泼脏水"。由此他进一步断言，悲剧是一种逃避行为。实际情况也证明，在主要现代主义作家中，他对悲剧的厌恶难有其匹。劳伦斯笔下的人物即便无法实现抱负，通常也不会被目为悲剧角色。他们只会被扫到一边，为他人实现理想让路。

101

劳伦斯如此评价托尔斯泰和悲剧也许有失公允，但是作者常常操纵叙事以达到自己的写作意图，这点他并没说错。乔治·艾略特所著《米德尔马契》的女主人公多萝西娅·布鲁克嫁了个老朽的迂夫子。眼见她陷入无爱的婚姻无法自拔，小说便挺身而出，用心肌梗死将老头子除掉。换言之，在现代，小说取代了上帝的位置。《简·爱》迫不及待要将女主人公嫁给罗切斯特；鉴于他是有妇之夫，便将他的疯妇从烈火熊熊的屋顶抛下摔死。人物们若对谋杀畏惧不前，叙事便会站出来帮忙。叙事就像雇佣杀手，随时去干令人物胆怯的脏活儿。大卫·科波菲尔的妻子朵拉头脑空空、稚气十足，显然配不上他，因而明摆着熬不到小说结束。她注定命不长久，就像侦探小说开头儿那个专横跋扈、欺凌他人的生意人，注定肚子上会插把刀。

故事也许会赶来救场，及时地变出一份遗产，给这地界送来位合适的单身汉，或者发掘出一位失散多年腰缠万贯的亲戚。这类现实主义小说的任务便是惩恶扬善。它们必须纠正现实犯下的愚蠢错误。一如在亨利·菲尔丁的作品中，有时这种纠正是通过讽刺现实的虚假而实现的。小说会狡猾地暗示，现实生活中，主人公十有八九会给送上绞架；可既然这是小说，便该给他个人人艳羡的妻子，还有一份可观的地产。读者若见他为这些拼命钻营，对他的德行便会画个问号。有德之人本不该眼里只有自己。所以情节只得硬着头皮为他忙活。菲尔丁允许汤姆·琼斯得到幸福，不过同时也告诫我们，这等美满结局与现实不符。他在书中写道，有一条言之有理的道德信条，说是好人有好报；接着他补充道，该信条只有一个死穴，那就是它不现实。

同样的，在故事结尾，堕落之徒与黑心之辈通常一败涂地。他们的阴谋遭到挫败，财产给人从毛茸茸的爪下硬生生夺去，他们自己要么给投进大狱，要么被迫跟怪物结婚。穷人收获颇丰，富人两手空空。然而，故事会谨慎地暗示，现实中的恶棍反而很可能出将入相。莎士比亚某些喜剧的结局都存在类似的反讽，令读者苦笑着意识到，现实生活大概不会是这样。《仲夏夜之梦》大幕将落前，"般配"的男女结成连理，但此前论到性吸引力时，该剧对何为"般配"提出了质疑。该剧证明，人会对任何人生出欲念，欲念是无政府主义的，对有序的情节构成了威胁。仙后竟然爱上了一头驴，而且皇室成员非止一次有此行径。在《暴风雨》中，普洛斯彼罗只有施法术才能与敌人和解。夏洛蒂·勃朗特的小说《维莱特》给读者准备了两个不同的结局，一个是喜剧性的，另一个是悲剧性的。它似乎轻声告诉读者，"你非要个圆满结局的话，行，给你，但千万别以为，这就是事情的真相"。

亨利·詹姆斯从不避讳悲剧性结局。在《小说的艺术》一文中，他辛辣地讽刺了众多现实主义小说收尾处"最终的分配：奖品、养老金、丈夫、太太、婴儿、百万资财、附加条款、欢快的话语"。这类结局的目的在于安抚读者，而许多现代主义的结尾都意在令读者不安。维多利亚时代的人们认为，艺术的功用

103

之一，便是激发读者的精神，而阴郁令人失去道德力量，甚至具有政治危险性。精神委顿的国民必定心怀怨怼。几乎所有维多利亚时代的小说都有正能量的结局，这便是原因之一。即便是《呼啸山庄》这部最接近悲剧的作品，也想方设法凑出了个应景儿的美满结局。这等幸福结局根本就是幻想，正如弗洛伊德所说，幻想是"对严酷现实的纠正"。我们知道，现实中的利益分配常不尽如人意。美好的女子常嫁给粗野的男人，奸诈的银行家往往逍遥法外，可爱的孩子偏偏生在白人至上主义者家中。因此，来点儿诗性正义倒也无妨。这种正义仅存于少数几个地方，小说大概就名列其中。想到这儿，难免令人心中不安。

在《文学与人生札记》中，约瑟夫·康拉德论到亨利·詹姆斯时说，传统小说的结尾常以"奖励与惩罚、完满的爱情、好运气、断腿或猝死来解决问题"。他接着说，"这些解决方式还说得过去，毕竟它们满足了对终结的渴望。我们的心渴望终结，对面包与鱼的渴望都不及它强烈。看看悠闲自得的人们，我们不难发现，人类唯一真实的愿望，也许就是远离纷扰"。令我们如饥似渴地阅读的，正是这种对终结的渴望，正是那不断的呼喊"最后会怎样"。我们耽于阅读惊悚、推理、惊险小说，还有哥特式恐怖故事，这也是原因之一。康拉德写下这番话后不久，西格蒙德·弗洛伊德便将人类的终结渴望命名为死亡冲动。

不过，虽然我们希望满足好奇心，但对此也抱着审慎的态度。终结的愉悦若是倏忽即至，便会毁掉悬念的乐趣。我们渴求确切的结果，却也希望它迟点出现；希望得到满足，却也享受未知的焦虑。若非将结局暂时悬置，故事便不复存在。正是结局的缺席令故事得以继续。然而，我们就像渴望见到走失的小狗或伊甸园那样，渴望能把结局还给我们。康拉德《黑暗的心》的叙述者在故事末尾见到克尔兹的未婚妻，为了安慰这失去亲人的姑娘，他没说出真相。故事仿佛把她视作寻求完美结局的寻常读者。然而康拉德本人觉得，结局不但少有完美，而且任何情况下都难以确定。

* * *

我们业已看到，故事能够存在，盖因某种初始秩序遭到了破坏。譬如，一条蛇溜进乐园，一个生人来到镇上，堂吉诃德踏上征程，勒甫雷斯惦记上克拉丽莎，汤姆·琼斯给恩主赶出大宅，吉姆爷决然赴死纵身一跃，约瑟夫·K因莫须有的罪名被捕。在众多现实主义小说中，结局意味着秩序重建，而此时秩序或许更具内涵。原罪带来冲突与混乱，但它终将得到救赎。就像亚当、夏娃被逐出伊甸园一样，原罪也是一种幸运的堕落（felix culpa）或幸运之错，因为舍此便不会有后来的故事。相应地，读者也得到了安慰和鼓舞。他深信，现实有种隐形的逻辑，小说的职责就是耐心地将它揭示出来。我们都属于一个巨大的情节，

105

值得高兴的是，这个情节有着喜剧性结局。

就此而言，将叙事看作某种策略或许有所帮助。任何策略都需要调动资源，运用技术，以达到特定目的。许多现实主义小说，可算作解决问题的工具。它们先制造问题，然后尽力解决。换作是平常人，大约会给送去看心理医生，但轮到现实主义小说，我们偏巴不得它这么做。然而，要维持叙事悬念，便不能过快地扫清障碍。爱玛·伍德豪斯最终会投入奈特利先生的怀抱，但这不能发生在第二段里。文学作品解决问题的同时，会导致另一个问题，得接着继续处理。一般而言，现代及后现代作品并无解决问题的兴趣，它们更倾向于暴露问题。通常，其结尾处不会有大胆妄为的诈骗犯倒吊在灯柱上，也不会有一连串幸福美满的婚姻。就此而言，它们比多数现实主义作品更贴近现实。

对经典现实主义而言，世界本身就是由故事塑造的。与之相反，在大量现代主义小说中，除了我们亲手构建的外，再无其他秩序。既然此种秩序是主观意愿的产物，那么小说的开头与结尾亦是如此。因而，既没有授之于神的开端，也没有顺乎自然的结尾。也就是说，逻辑中间环节亦不存在。你眼中的结束，或是我眼中的开始。何处开始，何处叫停，都由你决定。这世界本没有开端与终结。在这点上，发号施令的不是世界，而是你。然而，无论起点选在哪里，可以肯定的是，之前已经发生过太多事情；无论在何处叫停，许多东西将置若罔闻，继续前行。

因此，现代主义作品或对整个叙事概念持怀疑态度。叙事意味着世界井然有序，因与果有条不紊。有时，它与发展的信念、理性的力量、人性的进步紧密相关，虽然并非始终如此。若说这种经典叙事在一战战场上灰飞烟灭，恐怕算不得无稽之谈，因为那场战事无法令人提高对人类理性的信心。正是那个时代见证了伟大现代主义作品的诞生：从《尤利西斯》《荒原》到叶芝的《柯尔庄园的野天鹅》、劳伦斯的《恋爱中的女人》。现代主义者认为，现实不是按照规整的方式演进的。事件 A 也许导致事件 B，但也会导致事件 C、D、E，甚至更多，而 A 本身又是无数因素的产物。这许多故事线索中，谁来决定哪条是主线？现实主义眼中的世界，是一幅展开的画面，而对于现代主义，它就是一个文本。"文本（text）"与"织物（textile）"同源，意为由交织的线所构成。鉴于此，与其说现实是逻辑的发展，不如说它是一张纠结的大网，其中每个成分，都与其他成分有着千丝万缕的联系。这张网没有中心，也缺乏根基，其起止亦无法确定，没有起始事件 A，也没有收尾事件 Z。整个过程可以无限地回退，也可以无尽地展开。《约翰福音》说，太初有言，但若缺乏与其他词语的关联，"言"就不成其为"言"。所以，太初之"言"要成为"言"，至少要有另外一个词语存在，这就等于说，太初之言子虚乌有。假若真有语言诞生这回事，那么就像人类学家列维·施特劳斯所说的，必定是"一蹴而就"。

叙事这一概念由此陷入了危机。对现代主义而言，即便可能知道某事始于何处，也未必就能获得真相。若偏偏不信，则会犯下所谓"起源谬误"[1]的错误。宏大叙事并不存在，存在的只是一堆微叙事，每个都反映出局部的真相。即便是现实最平淡的一面，也会有众多不同的描述，而且大多彼此并不相容。我们无从得知，故事中哪个微不足道的事件会在最后时刻举足轻重，就像生物学家不得而知，哪个低等生物经充分进化会变得非同凡响。想想几十亿年前那些自顾自活着的软体动物，谁能料到竟然会进化出个汤姆·克鲁斯来？故事企图将某种模式强加于这个网状世界，然而这番努力只是让世界变得简单而贫乏。叙事即是歪曲。事实上，甚至可以说写作即是歪曲。毕竟，写作是在时间中展开的，在此点上它与叙事相类似。因此，真正意义上的文学作品会意识到这种歪曲，也会在讲故事时对此做充分考虑。

这就意味着，所有叙事注定都是反讽的。它们必须讲述，同时时刻牢记自己的局限。它们必须想方设法将未知纳入已知。故事的局限处，必会成为故事的一部分。康拉德的某些叙述者，或福特·马多克斯·福特的《好兵》的讲述人，均极力承认自己的叙事盲点，这也是原因之一。似乎接近真相的最佳途径，

1　指因论点来源而接受或反对该论点，而非因论点本身。

便是坦白承认自己难以规避的无知。故事必须以某种 ¹⁰⁸
方式暗示读者，关于主题存在多个版本，它们的只是
其一。如若不想以唯一正确的外表蒙骗世人，就必须
明确指出自己的随意性。塞缪尔·贝克特有时会以一
个荒诞的故事开头，可刚刚上道儿便立即放弃，旋即
杜撰出另一件荒唐事，来取代前者的位置。

　　换言之，现代叙事的地位今非昔比，再也不需要
诗人讲述部落的神话起源，讴歌部落的军事胜利。如
今，讲故事变得可有可无。它不具备现实基础，因而
无法与部落起源或国家历史相提并论。因此，故事不
得不自谋生路。它们不像《创世记》的作者或写《神
曲》的但丁有所依凭，它们有的只是自己。这反倒让
讲述者有了更宽广的驰骋空间。但这自由却是负面的。
我们生活的世界里，没有什么不能被讲述，也没有什
么需要讲述。

　　有些故事虽有着严重的局限性，却似乎对此一无
所知。盖斯凯尔夫人的小说《玛丽·巴顿》便是一例。
小说男主人公约翰·巴顿，是维多利亚时期曼彻斯特
一位潦倒的产业工人，后来成为政治激进分子。然而，
就在转变后，他似乎消失在故事的视野外，或者至少
跳出了故事的掌握。读者感觉得到，他就隐伏在故事
的边缘，却不再能当面撞上。至于他是哪类激进分子，
是宪章分子还是共产党什么的，小说甚至都说不上来。
可要是小说对此都一无所知，还有谁能知道呢？巴顿
进入了一个暗影世界，而以他为主人公的故事为传统

政治观所限，却无法跟上他的脚步。因此，盖斯凯尔夫人做出了重大的决定；本来打算用主人公命名该书，可后来改了主意，换用他女儿玛丽的名字，因为她的名声还勉强说得过去。

随着现代主义的到来，即便是最简单的故事，要讲得明白晓畅也愈发困难。就拿康拉德来说，做过海员的他编起故事来那是出了名的好。《黑暗的心》别的不论，起码是一部扣人心弦的侦探小说。然而随着故事展开，它的轮廓却开始模糊、消解、崩落。故事本身讲述得生动而具体，但总是笼罩在薄雾般的气氛中，再逼真的细节也无法将之驱散。主人公马洛似乎就待在原地，哪儿都没去。逆流而上进入非洲腹地时，他也艰难地深入自己的内心，深入到某个永恒的神话及无意识领域。他的旅程与其说是向前，不如说是向内。与此同时，他的船驶离文明世界，向所谓蛮荒出发，其实是驶入远古历史。艰难地向非洲腹地推进，便是回归人类"原初"的起点。所以，可以说叙事既向前又退后。所谓进步纯为虚妄，历史不存在希望。用乔伊斯笔下斯蒂芬·戴达勒斯的话说，历史是场噩梦，现代主义挣扎着要从中醒过来。若说康拉德的叙事遇到了麻烦，原因之一是，十九世纪的进步信念，即从野蛮开始历史不断地朝文明的方向艰难上行，遭到了毁灭性打击。

如此说来便毫不奇怪了，刚踏上非洲土地时，克尔兹这个马洛寻找的恶魔般堕落的人，是一个"代表进步的使者，带来了同情与科学，还有鬼知道什么东西（and devil knows what else）"。（按说最后那个词组应该是"and the devil knows what else"，但英语并非康拉德的母语，他的文笔有时也会提醒我们这点。）殖民官克尔兹为弘扬进步与启蒙来到非洲，如今却彻底堕落了，沉迷于"难以启齿的仪式"与不可告人的罪恶。来时志在启蒙比属刚果的人民，如今却一心要消灭他们。可以说，在内容与形式两方面，进步都退回到原始。

历史与叙事似乎都无力将你带往何处。晨起后，乔伊斯的利奥波德·布鲁姆便来到都柏林街上，漫无目的地闲荡，然后回到家中。线性史观让位于循环史观。小说永不停歇地举网扑向真相，却总是扑空。讲述故事一如为虚无赋形，就好似以犁耕海，徒劳无功。《黑暗的心》中，马洛的确是在暗夜中蹲坐在甲板上讲故事，也不清楚有没有人在听。我们业已看到，他最后的讲述纯属谎言。乔治·艾略特与托马斯·哈代坚信，真理基本上是可以讲述的，而康拉德与伍尔芙却没这样的把握。在他们看来，真相是无法言说的。它可以被呈现，但无法用言语表达。也许克尔兹惊恐地瞥见了它，但欲以故事框架将其套紧，却绝无可能。每个故事的中心，都暗藏一颗黑暗的心。

马洛之所以能说出这个故事，也许是因为他没能获得真相，而且永无可能。一部小说若是成功道出了人类状况的终极真理，它将再也无话可说，而是渐渐

110

归于永寂。说出的真相会令它消亡。马洛 [1] 问道："我们的生命难道不是短得连一句完整的话都讲不完？虽然结结巴巴，但说出那句话，毫无疑问是我们唯一坚定不移的意图。"令叙事得以前行的动力，恰恰是它的徒然。（现代）小说追寻的真相语言鞭长莫及，但却无论如何不肯罢手，正是这份执拗让叙事得以持续。只要不原地踏步，便会一步步接近真相。马洛在《黑暗的心》中说，自己的旅程去向"航行中的最远点以及个人经历的顶峰"。唯一的问题是，到达那极端之处后，人是否有克尔兹的勇气，探头出去窥视深渊。克尔兹的旅途超越了语言和叙事，进入二者疆界之外，目睹了骇人听闻的现实，而小说将之呈现为一种可怖的胜利。他曾毫无惧色地直视美杜莎的头颅，这比城郊中产阶级的美德更令人钦慕。这一幕既勇敢无畏，又充满危险，在现代主义小说中可谓司空见惯。

　　至少这是马洛心目中的克尔兹，虽然在整部书中这个人几乎没有露面。但是，有可能从头至尾，马洛都误以为他是理想人物。康拉德自有其不同看法。他的另一些作品如《吉姆爷》和《诺斯托罗莫》同样不愿规规矩矩地讲故事。相反，叙述不但回环往复，还从中间讲起，而且故事有几条主线，叙述者也不断变化，或者从几个视角叙述同一事件。读者也被迫变换

1　此处的马洛是《吉姆爷》中的第一人称叙述者，而非《黑暗的心》的叙述者。后面的话引自《吉姆爷》第二十二章结尾处。此处译文参考了梁遇春、袁家骅先生所译《吉姆爷》（人民文学出版社，1983）、熊蕾女士所译《吉姆爷》（人民文学出版社，1998）以及蒲隆先生所译《吉姆老爷》（译林出版社，1999）。

切入故事的角度，在时间轴上忽前忽后地滑动，所依赖的信息来自他人的记录，而这又是别人对另外的人所讲之事的描述。

　　这些手法令人想到英国最伟大的喜剧杰作之一，即十八世纪作家劳伦斯·斯特恩的《项狄传》。打乱叙事并非现代主义的专利。至少在现实主义文学范畴内，斯特恩的小说是关于叙事不可能性的叙事作品。严格来讲，它所见证的，是现实主义超出了人的把握。没有哪部作品能够单纯地反映现实。一切所谓现实主义写作，都是从特定的角度出发，对现实进行改动。"全面"描述指甲上的小污点尚且不能，更何况描写某人的一生。照理，现实主义小说应该反映现实的原貌，包括所有棘手的细节；但同时，它有责任以有形的叙事，来塑造无形的现实。这两个目标实际上是背道而驰的。任何故事都不免对素材进行选择、修改与剔除，因此无法还读者以未加修饰的真相。若要较这个真，故事便会讲个没完。事情会一件引出一件，插曲会一个接着一个。《项狄传》呈现的正是这番光景。

　　于斯特恩而言，或者至少他装作如此，对素材的选择与剔除就是对读者的欺骗。匠心即是机心。于是，《项狄传》的叙述者特利斯特拉姆打开话匣子，关于自己的身世与成长，但凡想得起来的，便一股脑告诉我们。这一举动看似是为了对得起读者，但结果叙事很快便熄了火，读者也彻底懵了圈，免不了让人怀疑，表面上为了读者，背地里却暗暗使坏。关于自己的生平，特利斯特拉姆事无巨细都讲给读者，甚至回溯到母亲受孕那一刻，结果弄出个硕大无朋的文本，反而令读者不知所措。闹这么大阵仗，却是在给自己挖坑，实在是滑稽至极。没过多久，我们便开始怀疑，主人公脑子出了问题，而我们也身不由己，跟着他一起发疯。

现实主义似乎将现世的美好欢乐或令人惊恐的混乱全部呈现给我们，但实际上并非如此。在现实主义小说或自然主义剧作中，若是一部电话响了，几乎可以肯定是情节的需要，而不是打错了号码。现实主义作品所选择的人物、事件和情境都有助于构建其道德观。然而，为了掩盖选择的痕迹，以维护其现实假象，它通常会用大量随意编造的细节应付读者，比如跟我们讲，一位戏份很少的脑外科医生，长着双毛茸茸的大手；可若是换作一双光滑细腻的手，对故事也不会有什么影响。这个细节完全是随意的，其唯一目的就是营造真实感。现实主义小说中，女主人公会喊一辆紫褐色出租车，而在实验小说中，这辆车在这页上是紫褐色，到了那页上便颜色尽失，再换一页，连司机都成了杏仁膏做的。这么做是故意让现实主义露出马脚，揭穿它背着我们干的勾当。实际上，《项狄传》的意图正在于此。小说这一体裁在不列颠刚一露头，便给人暗中解构了。

特利斯特拉姆意在书写自己的生平。然而，若不打算欺骗读者，就必须事无巨细，一律记录，结果是到头来连童年都没写完。颇有规模的两卷结束后，他还没有出得娘胎。九卷过后，我们居然不知道他的长相。为了讲述自己的生平，他不断地从一段时间跳到另一段，有时又掉头回去澄清某个事实，或者悬置一段叙事去应付另一段。他说，自己的故事"虽然东一榔头西一棒槌，却也一直朝前发展，其实还蛮同步的"。同时，他还得密切关注读者头脑所处的时间段，并根据具体情况，催促我们放慢或加快脚步。严格地说，主人公书写时就得叫停自己的生活，否则便再也赶不上自己的步伐。他越写就有越多的东西要写，因为写的同时，他在经历更多的生活。为了一点都不落下，他只好将书写生平的行为也纳入生平书写当中。

特利斯特拉姆奋笔疾书之际，这部小说却渐渐分崩离析。叙事陷入僵局，细部一点点剥落，人物给晾在门前，一晾就是几章，细节失控地疯长，前言与献辞发生移位，连作者自己都险些不留痕迹地沉没在浩瀚无际的文本之中。叙事乃荒谬之事，它试图将毫无章法的现实塞入一个顺序俨然的框架。语言亦是如此。讲述一件事注定会放弃另一件，即便是《芬尼根守灵夜》也不例外。正是词语，这一特利斯特拉姆用以弄清自己身份的媒介，成功地将其遮蔽。

有时，人们会对叙事提出过高的要求。从历史上看，叙事艺术早已有之，几乎与人类一样古老。有时人们会说，我们说话、思考、恋爱、做梦、行动，均是以叙事的方式进行。这话有一定道理，毕竟我们都

114

生活在时间中。但是，并非所有人都以这种方式感受人生。有人觉得生活轨迹清晰而连贯，有人则未必。不同的文化亦复如此。在此不免想到那个老笑话，"我的生命中非凡的人物倒是有几个，可情节就不大搞得清楚"。将生命比作旅程乃老生常谈，它暗示生命的目的性与连贯性，但不是人人都会认同。人觉得自己究竟去向何处？即使没有目标，生命也会充满意义，艺术作品也是如此。养育孩子的意义何在？穿雷人的粉红紧身裤的意义又何在？像《项狄传》《黑暗的心》《尤利西斯》《达洛维夫人》这样的小说，能够让我们看到别样的人生，它们不为目标所驱动，不合逻辑地展开，不会严格地按部就班。正因如此，它们能让我们更好地享受生活。

*　*　*

115　　最后，叙事与情节有何不同？若想区分二者，不妨看看阿加莎·克里斯蒂的小说。克里斯蒂的罪案小说几乎纯是情节。叙事的其他特征，比如场景、对话、氛围、象征、描述、反思、深度人物刻画等，都被无情地去除，几乎一点儿不剩，只留下干巴巴的故事情节。在这方面，她的作品不同于多萝西·L.塞耶斯[1]、

1　多萝西·L.塞耶斯（1893-1957）：英国推理小说大师，与阿加莎·克里斯蒂和约瑟芬·铁伊齐名，代表作为《杀人广告》（*Murder Must Advertise*）。

P. D. 詹姆斯[1]、鲁丝·伦德尔[2]和伊恩·兰金[3]的侦探小说,这几位作家将情节嵌入更为丰富的叙事语境中。

由此观之,情节属于叙事的一部分,但不是其全部。情节通常理解为故事中的重要行为。它标示出人物、事件、情境的关联方式,是叙事的逻辑或内在动力。在亚里士多德《诗学》中,它体现了"故事里事件或者说所做之事的组合"。有人若问我们,这是个怎样的故事,我们的答案往往便是对情节的总结。《音乐之声》的情节包括了冯·特拉普一家逃离纳粹魔爪的经历,却不包括朱莉·安德鲁斯[4]在山顶欢歌的场景,也不包括她门牙有些突出的事实。班柯遭到谋杀是《麦克白》情节的一部分,但麦克白的"明天,明天,再一个明天……"[5]却不是。

大量叙事作品是没有情节的,譬如《等待戈多》《三十天的有九月》[6],或者乔伊斯的《一个青年艺术家的画像》。有些作品无法确定有无情节,因为无法确认某些重要事件是否发生。弗兰兹·卡夫卡的小说有时即是如此。亨利·詹姆斯的作品间或也会这样。妄想

1　P. D. 詹姆斯(1920-2014):英国当代著名女推理小说家,其作品多次获奖,代表作为《神谕之死》《一份不适合女人的工作》等。

2　鲁丝·伦德尔(1930-2015):英国犯罪小说女作家,一生创作七十余部作品,有"犯罪小说女王"之誉,代表作为《女管家的心事》《黑暗深处的眼睛》《真相的故事》等。

3　伊恩·兰金(Ian Rankin, 1960-):英国著名推理小说、犯罪小说作家,多次获得包括钻石匕首奖在内的大奖,代表作为《黑与蓝》《死魂灵》《重新做人》等。

4　Julie Andrews,英国女演员,《音乐之声》中家庭女教师的饰演者。

5　语出《麦克白》第五幕第五场,选用的是朱生豪先生的译文。

6　*Thirty Days Hath September*,英国儿歌,帮助孩子记住每个月的天数。

狂和阴谋论者偏偏要无中生有地发现情节。他们"过度解读"游离的细节和偶发事件，欲从中寻觅出蛛丝马迹，以证明确有某种叙事被用心险恶地隐藏起来。奥瑟罗就是这么看苔丝狄蒙娜的手帕的，误认为它是妻子出轨的证据。《笑忘书》中也有类似的情形。

116

第四章　诠释

我们视一篇文字为"文学"时，有着诸种考虑，其一便是，它不囿于任何语境。诚然，文学作品的产生，均有赖于特定条件。简·奥斯汀的小说源于十八至十九世纪初英国乡间士绅的世界，而《失乐园》的背景是英国内战及其灾难性后果。不过，虽然它们乃语境之产物，其意义却不仅限于语境。试想一首诗与一本台灯组装手册的不同。手册只在特定的实际场景中方具有意义。除非是灵感枯竭了，否则我们不大会翻看手册，以反思生育的神秘或人性的脆弱。相反地，一首诗离开了原初的语境，却仍然具有意义；地点或时间发生了变化，其意义也会随之改变。就像婴儿离开母体，诗歌一降世，便与作者相分离。文学作品无一例外诞生之际便沦为孤儿。一如随着孩子长大，父母无法继续左右其生活，诗人亦无法决定其诗作会在何种情境下为人所读，也无法决定读者如何解读。

在此意义上，我们所说的文学作品与路标和公交车票有所不同。文学作品极为"便携"，无论去哪儿都可随身携带，而公车票却不行，除非有人成心要骗公交公司。诗歌的意义并不怎么依赖其产生的环境。它们本质上是开放的，因此也就允许各种各样的诠释。也因如此，我们往往更加关注其语言，而公交车票呢，也就瞄上一眼。我们首先不会用实用主义的眼光看待诗歌语言，相反，会认定这种语言有其自身的价值。

日常语言大约有别与此。"有人落水（Man overboard）"的惊叫难得会有歧义，通常不会给误认为好玩儿的文字游戏。坐船时听到这声喊，我们不可能细细品味"board"的元音给"over"的元音带来的微妙变化，或者留意前一个和后一个音节上的短促重音，也不会停下来琢磨这话的象征意义。谁也不会认为"Man"（人）代表着整个人类，或者这句话暗指人类灾难性的堕落。倘若落水之人是我们的死敌，上述行为倒是情有可原，因为我们清楚，等到慢悠悠做完这番分析，他应该是已经葬身鱼腹。然而，除此之外，谁也不会费劲揣摩这句话的含义。当时的情形已经说得非常明白。那声喊即便是谎报军情，人们的反应也不会有所不同。倘若不是在海上，那喊叫便失去意义，可是听见轮船引擎的轰鸣，就无须再犹豫什么。

大多数现实场景中，意义由不得我们来选择。或者，具体情况至少把可能的意义限制在仅有的几种。看见百货商店门上的出口标志（exit sign），再看看身处的地方，我明白它是在说"想出去就从这儿走"，而不是"快走"。否则，百货商店可要一年到头空着了。"出口（exit）"一词意在描述，而非命令。看到阿司匹林瓶身上写着"一天三次，一次一片"，我知道这话是对我说的，而不是对公寓楼里上上下下两百来号人。司机闪灯也许是提醒人们"小心"，也许是在叫板说"来呀你"，但这有可能致命的歧义并未如想象的那样造成多少交通事故，因为场景通常已经说明了意义。

　　然而，诗歌或小说的问题是，它们并不是作为现实语境的一部分而创造出来的。没错，看到"诗""小说""史诗""喜剧"等字眼，读者明白读到的将会是什么，就像一部文学作品的包装、广告、营销、评论，很大程度上能够决定读者的反应。除了这些紧要的标识外，读者看到的作品并不具有如何真实的语境。相反，随着故事展开，其语境方一步步构建起来。读者得从它的讲述中拼出背景来，唯有如此，才会知道它在叙说什么。事实上，我们一边读，一边持续构建这等诠释框架，且多是不自觉间完成的。我们读到莎士比亚的诗行"别了！你高贵得让我不配拥有"[1]时，心里会想："啊，他这是跟情人说的吧，好像两个人在闹分手。嗯，高贵得不配拥有？是不是她大手大脚乱花他的钱了？"可是，除了诗行中的词语，我们并无其他的阐释依据，这与一句"着火了"殊为不同，因为除了一声喊，尚有别的景象提示发生了什么。（譬如嘶喊之人冒烟的头发。）文学作品的这个特性令其意义之确

120

---

[1] 出自莎士比亚《十四行诗集》第 87 首，梁宗岱先生的译文是"再会吧！你太宝贵了，我无法高攀"；曹明伦先生的译文是"别了！你高贵得让我不配拥有"；屠岸先生的译文是"再会！你太贵重了，我没法保有你"。此处选用曹先生译文。

定颇为艰难。

文学作品若仅是讲述历史，复原其产生的历史场景也许便能确定其意义。但事情显然并非如此。它们与诞生时的历史状况关系较为松散。《白鲸》并非反映美国捕鲸业的社会学论著。小说利用这个背景，塑造出一个想象的世界，但这世界的意义，却超出了其所凭依的背景。这未必是说，该书脱离了历史背景，具备了普世的魅力。也许有的文化对它并不怎么感冒。兴许在遥远的未来，某些人会觉得它无从解读，乏味至极；觉得腿给一头庞大的白鲸咬掉的情节无聊透顶，怎么配做小说素材？难道未来的文明真会认为贺拉斯的颂歌或蒙田的随笔沉闷单调、不堪卒读吗？也许，至少在某种程度上，这种未来已经来临。

尽管某些政治领袖付出了巨大努力，但是历史尚未终结，因此也无从得知，麦尔维尔的作品是否具有普世价值；就这点，我们也未征询过丁卡人或图瓦雷克人[1]的看法。然而可以确定的是，之所以称《白鲸》为小说，其中一个原因是，作者意图通过它对广义上的"道德"问题发表看法。我所说的"道德"，并非伦理规范或宗教禁忌，而是涉及人类情感、行为与观念的种种问题。《白鲸》试图告诉读者关于罪责、邪恶、欲望与精神错乱的某些真相，而不仅仅是谈论鲸脂和鱼叉，或者描绘十九世纪的美国。

1　Dinka 人是非洲尼罗河流域的苏丹人的一支，Tuareg 人是分布在非洲撒哈拉沙漠附近的游牧民族。

其实，这是"小说"该有的题中之意。首先，小 **121**
说并不意味着虚构。杜鲁门·卡波特的《冷血》、诺
曼·梅勒的《刽子手之歌》、弗兰克·麦考特《安吉拉
的灰烬》都以纪实作品的面目出现，然而经过加工，
书中的事实变幻成富于想象的故事。虚构作品也许讲
的都是事实。参考维吉尔《农事诗》对农业生产的描
述，我们甚至可以经营一家农场，虽然不知道能维持
多久。然而，所谓文学文本，其主要目的不是提供事
实。相反，它鼓励读者去"想象"事实，借此构建一
个想象的世界。因此，一部作品可以集真实与想象、
事实与虚构于一身。狄更斯《双城记》的虚构世界中，
从伦敦到巴黎必须渡过英吉利海峡，不过事实也是如
此。似乎到了小说里，这个事实被"虚构化"了，在
新的语境下扮演着自己的角色，它真实也好，虚构也
罢，都已无关紧要，重要的是在作品的想象逻辑中所
起的作用。忠实于事实与忠实于生活有着一定区别。
说《哈姆莱特》非常真实，并不意味着真有那么个丹
麦王子发了疯，或是装疯，或是兼而有之，而且对女
友恶劣至极。

　　虚构作品可能会告诉读者，达拉斯与圣彼得堡分
处两国，或者"圆形或眼状装饰物"（oculus）[1]是螺旋
饰的中心凸饰。它们也许会提到人人耳熟能详的事实，
比如喋喋不休地跟我们讲，泄液线是一根能吸收液体

1　此处指的是建筑上的一种圆形装饰，中心有个突起，很像眼珠。

的线，用时穿过皮下，两端露于外，有促进积液排出或抗刺激的作用。这样的作品之所以成其为小说，是因为它们与医学教科书不同，呈现事实不是其真正意图，也不具有任何实用目的。小说利用事实助读者形成某种观看方式。因此，虚构作品有权更改事实以满足其目的。它不像天气预报，而是像政客演说。小说伪造现实时，人们认为那是艺术需要。倘若一位作家一再将白金汉宫的名字拼写成 Fuckingham[1]，读者十有八九会觉得她在表达某种政见，而绝不会认为她是个文盲。即便在一位作家笔下，十二世纪的人们喋喋不休地热议史密斯乐队[2]，我们也不会指责他无知到不可饶恕。这位仁兄兴许是个历史盲，真以为十二世纪就有了史密斯乐队，或者摩瑞西是个穿越时空的超拔天才。但是，既然这情况出现在小说中，我们便宽容为怀，相信这般歪曲别有深意。这就为诗人与小说家大开方便之门。文学好像佞臣簇拥下的专制君主，永远都正确。

现实主义小说中的人物与事件，似乎离开小说一样存在。然而，我们知道这纯属错觉，小说世界是随着故事展开而逐步构建起来的。某些理论家认为文学作品向来只指涉自身，这是原因之一。从来就没有亚

1　白金汉宫的英文拼写是 Buckingham，把 B 换成 F，庄严变为淫秽，作者显然大有深意。

2　The Smiths, 活跃于 1982 年到 1987 年的英国摇滚团体，主唱为摩瑞西 (Morrissey)。

哈船长[1]或乔·克里斯马斯[2]其人。即便我们发现，在阿姆斯特丹一间无主房内，住着个登记在案的海洛因成瘾者，名字就叫哈利·波特，也不会对阅读罗琳的小说产生影响。保不准真有个叫作夏洛克·福尔摩斯的侦探，他亲历了福尔摩斯探案集中的所有案件，且所有细节均分毫不差，而柯南·道尔却对此毫不知情。即便如此，故事依旧是虚构的，写的并不是他。

123

　　文学作品往往比非文学作品更具歧义，为此虚构性难辞其咎。因为缺乏现实语境，词语、事件、人物的意义便没有足够依据来确定，这便导致了五花八门的解读。此外，也许是作家不自觉间陷入了歧义当中，或者是有意为之，以丰富作品内涵。这其中有一类涉及性事的下流双关语。莎士比亚有一首十四行诗是这样开头的：" 我的爱人发誓，说自己是忠实的化身，/ 明知她在撒谎，我依旧坚信不疑。"[3]除了显而易见的意思外，这两行诗还可能在说，" 我的爱人发誓说，她的确是处女（maid , of truth），/ 明知她跟人睡过（lies），我依旧坚信不疑。"[4]理查逊的《克拉丽莎》告诉读者，贪淫好色的勒甫雷斯热衷于写信，即便" 就寝时手里也攥着一支笔"。理查逊不会不明白其中

1　《白鲸》中死追白鲸以复仇的船长。
2　福克纳《八月之光》中的人物。
3　莎士比亚《十四行诗集》第 138 首，原文是 "When my love swears that she is made of truth,/ I do believe her , though I know she lies"。
4　英文中 "made" 与 "maid（处女）" 同音，"of truth" 可以表示 "由真实构成" 或 "千真万确"；"lie" 即表示 "撒谎"，也表示 "躺倒睡觉"。

的双关。狄更斯的《尼古拉斯·尼克尔贝》[1]也有类似情况。书中有个场景，娴静的玛丽·格雷厄姆坐在她深爱的汤姆·平奇身边，瞧着他演奏乡村教堂的管风琴（organ）："她摸了下他的管风琴，从这幸福的时刻起，就连这琴，这伴他度过许多最美好时光的老伙计，虽然早已被认为无法奏出昂扬的乐曲，都具有了神性，获得了新生。"只有宅心仁厚或天真无邪之人，才会觉得此处的歧义是无心为之[2]。留意到罗切斯特先生的手圆润柔软，简·爱心下暗自欢喜，但她的描述也许不像表面上那样单纯，不过，即便有所暗示，大约也是出于无心。然而，亨利·詹姆斯给一个人物起名叫范妮·阿辛海姆（Fanny Assingham）[3]，就肯定是有意为之了。

124

* * *

有些作品对诠释较为抗拒。文明越发展，便越复杂，越碎片化，人类经验亦复如此，而语言作为其文学媒介，也概莫能外。亨利·詹姆斯的晚期小说因风格晦涩而遭人诟病，说一点事儿他都要掰开揉碎，絮叨个没完。有论者迎难而上，竟然作专文研究其小说《使节》的第一段，试图弄清楚究竟发生了什么。下面这段文字出自《鸽翼》，但绝不是他晚期曲折风格

1　此处作者记忆有误，这本书应该是狄更斯的《马丁·瞿述伟》。
2　organ 既有管风琴，也有生殖器的意思。
3　fanny 有女性生殖器的意思；Assingham 中的 ass 有臀部的意思，而 ham 有大腿后部的意思。Fanny Assingham 是詹姆斯后期杰作《金钵记》中的人物。

的最佳代表：

　　此外，看起来她根本不是嫌朋友花钱没概念，而是嫌她对拮据的可怕一无所知，无法想象、也无法习惯寄人篱下的生活。此刻，似乎整条威格摩尔大街熙攘起来，这脸色苍白的姑娘看着行色匆匆的路人，他们同每个英国人一样，通常如此难以区分，虽然各有各的生活，甚至骨子里与众不同，却活在一张关系网中；尤其是在这样的时刻，凯特深深地感到，她的朋友拥有这样的自由，该是多么幸福。

It was not moreover by any means with not having the imagination of expenditure that she appeared to charge her friend, but with not having the imagination of terror, of thrift, the imagination or in any degree the habit of a conscious dependence on others. Such moments, when all Wigmore Street, for instance, seemed to rustle about and the pale girl herself to be facing the different rustlers, usually so undiscriminated, as individual Britons too, Britons personal, parties to a relation and perhaps even intrinsically remarkable – such moments in especial determined for Kate a perception of the high happiness of her companion's liberty.

这与丹·布朗的风格判若云泥。一如众多现代主义作品，詹姆斯的文字不肯给人轻松消化。它对即时消费文化提出了挑战，迫使读者费心劳神地索解文本的意义。因此，读者与作者似乎在合写作品，因为前者为迂回曲折的句法所吸引，拼命想揭示后者的本意。詹姆斯觉得，有必要织一张蛛网般繁复的句法之网，以捕获所有微妙的经验与颤动的意识。

现代主义作品之所以晦涩难解，部分是因为这种超乎寻常的细腻。马塞尔·普鲁斯特的文笔极少晦涩之处，却也能写出长达半页的句子，其中遍布迷宫小巷，充斥曲折句法，每个语法窘境和急转弯，都会促进段落意义的发展。《尤利西斯》的最后一句没有标点符号，其长度也不是半页，而是六十多页，且污言秽语随处可见。看来现代生活的晦暗与复杂，不仅渗透进文学作品的内容，也开始影响它的形式。

这与现实主义小说形成了巨大的反差。在大量现实主义作品中，语言似乎要尽可能透明，稍加逼迫，便会将意义和盘托出，这样便制造出原汁原味呈现现实的效果。就此，我们不妨将詹姆斯那段文字与丹尼尔·笛福《摩尔·弗兰德斯》的典型段落加以对比：

> 我差不多躺了整整五个星期，虽然过了三星期后我的热度就退了，但是又反复好几次，医生有两三回声明他们技穷无方，只好让我的体力去和病魔决斗，不过他们会给点壮心剂来帮我恢复

体力。五个星期之后我渐渐好些，但是仍然软弱无力，形容憔悴，现在神气很忧急，复原得又那么慢，所以医生担心我会转到肺痨病去……[1]

It was near five weeks that I kept my bed, and tho' the violence of my feaver abated in three weeks, yet it several times return'd; and the physicians said two or three times, they could do no more for me, but that they must leave Nature and the distemper to fight it out; only strengthening the first with cordials to maintain the struggle: After the end of five weeks I grew better, but was so weak, so alter'd, so melancholly, and recover'd so slowly, that the physicians apprehended I should go into a consumption ...

　　这样的语言纯粹是工具罢了，根本谈不上什么厚度和质感，讨论其自身的媒介价值毫无意义。笛福的文字很容易消化，丝毫不惹眼，而乔伊斯的风格则是不依不饶地要你知道，文学作品中的一切都是借语言发生的。激烈的分手与悲惨的崩溃不过是纸上的墨迹罢了。有时，这样的语言会谦逊地抹去自己，就像在笛福的作品中那样。语言一旦变得低调，我们就会觉

126

1　这段译文出自梁遇春先生之手，见《摩尔·弗兰德斯》（重庆出版社，2007）。

得能毫无障碍地触碰它所传达的东西。这样的语言看似未经斧凿、不合成规，其实不过是假象罢了。笛福的那段文字并不比詹姆斯的"更贴近"现实，坦白讲，哪段文字都不比其他的更贴近现实。语言与现实的关系不是空间的。还需澄清一点，笛福的文字是符合成规的，在这点上，比方说，与弥尔顿的《利西达斯》别无二致，只是这些成规我们早已谙熟，因此才会视而不见。

　　既然谈到现实主义，就不免会注意到一个重要问题。说一部作品是现实主义的，并不意味着它一定比非现实主义作品更贴近现实，而是说它更符合生活在特定时间与地点的人们心目中的现实。试想一下，一个偶然的机会，我们读到某古代文明传下的一篇文字，似乎对文中人物腓骨的长短特别在意。就此，我们得出初步结论，这是某种异域文化的怪癖，很有些先锋味道。后来，我们又读到一段历史记载，涉及的是同一个文明，才明白在当时，腓骨长短决定了社会地位。腓骨长的被流放到沙漠，以动物粪便为食，而膝盖与脚踝间距最短的极有可能成为国王。若是这样，我们就得将这篇文字重新归类，纳入现实主义范畴。

　　若有一位访客，来自遥远的半人马座 α 星，我们捧出一部人类史供他阅读，里面记载着所有战争、饥荒、种族灭绝与大屠杀，想来他会认为，这书荒唐得离谱，定是一部超现实主义作品。人类历史中的确有许多事情令人难以置信。给一位非法轰炸柬埔寨的政客[1]颁发诺贝尔和平奖仅是其中一例。心理分析认为，梦与幻想比现实生活更接近真实。然而，这样的梦与幻想一旦写入虚构作品，我们八成不把它当现实主义看。话又说回来，纯粹的现实主义作品少之又少。许多所谓现实主义作品都有匪夷所思之处。在康拉德的《黑暗的心》中，作者告诉我们，一个女人"因难遏的哀戚与无言的痛楚，脸上挂满了悲恸与狂暴，还掺杂着犹豫未决、内心挣扎所造成的恐惧"。现实中绝不会有这样的表情，它只存在于语言当中。我怀疑，即便是天纵奇才，一位演员也无法同时做出悲恸、狂暴、难遏、哀戚、痛楚、恐惧与犹豫未决的表情。若能做到这点，奥斯卡奖又算得了什么。

若说乔伊斯的《芬尼根守灵夜》断然拒绝诠释，那么原因之一是它同时用到了几种语言。乔伊斯的同胞J. M.辛格[2]据称是唯一可以用英语和爱尔兰语同时写作的人。像乔伊斯的所有作品一样，《芬尼根守灵夜》展现出对词语力量的深切信任，但就现代主义整体而言并非如此。现代主义任由词语恣意狂欢，但总的来说并非出于无可撼动的信任。更常见的是 T. S. 艾略特及塞缪尔·贝克特那样对语言的怀疑。语言当真能抓住人稍纵即逝的体验吗？当真能让我们瞥见绝对真理吗？要达到这样的目的，语言就得厚重，就得移位，

128

1　此处指美国前国务卿亨利·基辛格，二十世纪六十年代末越战期间曾主持对柬埔寨的轰炸，1973年因在结束越战谈判中的作用，获得诺贝尔和平奖。
2　J. M. 辛格（J. M. Synge，1871-1909）：爱尔兰剧作家，爱尔兰文艺复兴的重要领导者。

就得愈发曲折隐晦，就得多多引经据典；这也是某些现代主义作品晦涩难解的一个原因。日常语言已经尘灰满面、远离真实，只有大刀阔斧地加以改造，才能灵活地反映我们的体验。正是从现代主义那里，我们继承了某些耳熟能详的高调，充分反映了二十世纪对语言的种种态度："交流断绝了"，"词语难以达意"，"沉默远比言谈更为雄辩"，"若我能对你说出，我定会让你知悉[1]"。现代电影中，尤其是法国电影里，常有两个人躺在床上，深情对视之余，有一搭没一搭地讲着这样的话，每句之后，便久久地陷入难挨的沉默。

* * *

现在可以回到本书一开始提出的几个有关诠释的问题上。先来看一看下面这个著名的文学文本：

黑绵羊，巴巴[2]叫（Baa baa black sheep）
你说说，可有羊毛？（Have you any wool?）
有啊先生，我真有，（Yes, sir, yes, sir,）
满满当当整三包。（Three bags full.）

送给主人一大包，（One for the master）
送给夫人第二包，（And one for the dame,）

---

1 这句话出自 W. H. 奥登的诗作《若我能对你说出》，原文是"If I could tell you I would let you know"。
2 在英语中，羊叫声的象声词是 baa，此处为行文方便，译成"巴巴"而不是中文中的"咩咩"。

最后一包送给谁（And one for the little boy）
巷子深处男宝宝。（Who lives down the lane.）

这首童谣绝非有史以来最精妙的作品。说到探讨
人类的生存状态，许多作品都比它深刻。即便如此，
它还是提出了一些值得思索的问题。首先，第一行是
谁在说话？是一位全知叙述者，还是一个与羊交谈的
人物？而且，他为什么要问"黑绵羊，巴巴叫 /
你说说，可有羊毛"，而不是说"打扰啦，黑绵羊先生（或
女士），请问你有羊毛吗"说话人的询问纯是就事论事
的吗？他是纯粹出于好奇，随便问问那头羊有多少毛
呢，还是带着点儿个人动机？

发问者可能自己想要些羊毛吧，这么猜大概不会
太离谱。然而若是如此，他跟动物打招呼的方式（"黑
绵羊，巴巴叫"）似乎就太古怪了。也许"巴巴"是那
羊的名字，询问者这般称呼是出于礼貌。也许他这么
客气是想从羊身上得到些什么。"黑绵羊，巴巴叫"也
许跟"黑绵羊亨利"或"黑绵羊艾米莉"（这头羊性别
待定）有着相同的语法结构。可这种解释怎能服人？
没人会拿"巴巴"给羊起名字，这也太怪了些，听上
去不像名字，倒像是绵羊在叫。［虽然这里会有翻译问
题。在日本或韩国，绵羊肯定不是"巴巴"叫的。或
许女王的绵羊操着上流口音，叫声"巴哈巴哈（bahr
bahr）"的。］

会不会说话者真就当着绵羊的面，借打招呼为由，

129

含讥带讽地学羊叫？就像是说"大母牛，哞哞叫"或者"小狗狗，汪汪叫"。若真如此，那就太不明智了。既模仿人家说话，又妄想得人家好处，是个人都知道不可能。如此看来，说话之人不仅没有礼貌，而且愚不可及。他竟然不明白，当面侮辱那头羊对自己毫无益处。显然他对羊抱有偏见，在我们的绵羊兄弟（姐妹）面前，摆出高羊一等的姿态，令人作呕。或许他是恶俗成见的牺牲品，想当然地认为，绵羊太过愚蠢，给人侮辱一番，也不会往心里去。

真是那样的话，他显然是打错了算盘。这番侮辱并未逃过绵羊的眼睛。"有啊，"绵羊回答道，"我还真有三大包呢。一包给主人，一包给夫人，还有一包给巷子那头的小男孩儿。而你呢，就是个放肆的杂种，根本没你的份儿。"最后这句话自然是没出口，不过意思就在那儿。要是说出来，绵羊特意摆出的友好合作姿态便会毁于一旦。对那人的问题它早有准备，而且也不是一两句就打发人家，可提问者对这种方式大概一点儿都不满意。实际上，绵羊很聪明，只当这个问题是就事论事，对言外之意（我能要些羊毛吗？）装聋作哑。这就好像你在街上问一个人："你有时间吗？"他说"有啊"，然后继续走他的路。你的问题他答是答了，却没弄懂你的真实意图。

在此意义上，这首童谣阐明了人类表意方式的一个重要方面，即推断与暗示。问客人："您想要一杯咖啡吗？"是表示你愿意给她冲一杯。试想，有人问了你这个问题，可后来，咖啡根本就没端上来，而你发现，那不过是个调查问卷式的问题，跟"十六世纪爱尔兰有多少女裁缝"或"最近如何"别无二致。"最近如何？"并不是要你将最近的病史和盘托出，每个骇人的细节都不放过。

这首童谣的另一个版本写道："羊毛羊毛没有了，/ 不给巷尾男宝宝（But none for the little boy who lives down the lane）。"（对文化差异感兴趣的人大概会注意到，这首童谣在唱法上也有出入，英国版与美国版略有不同。）也许问话的便是那个住在巷尾的小男孩儿；绵羊轻慢地跟他兜了个圈子，好让他明白羊毛没他的份儿。可是，刚才它还跟读者说羊毛有三包，照理男孩儿是该有一包的，这便让绵羊的拒绝愈发透出整人的险恶用心。也许绵羊知道问话人的名字，可就是冷冰冰地不叫他，谁让他"巴巴"地学人家，这下要他好看。抑或问话者与小男孩儿不是一个人，可那就奇怪了，绵羊为什么要提那孩子呢？严格来讲，这点多出的信息似乎没有用场。或许绵羊只是对提问者发出警告，自己可是大权在握，羊毛是想给就给，不想给就不给。也许是一开始就落了下风，于是要用这个办法给扳回来。这明显是一场权力的角逐。

这通分析显然是牵强附会，可除此之外，它还错在哪里呢？显然，问题在于只看内容，不管形式。我们应该注意到，这首童谣语言简练、惜字如金，对任何语言繁冗或过度都予以坚决抵制。所有用词除三个

131

外都是单音节。没有运用任何意象，以现实主义风格达致从词到物的直观体验。整首童谣格律紧凑；实际上，比包含半韵或邻韵（如"dame"和"lane"）的韵式更为严谨。每一行只有两个重读音节（当然读法可有不同），从而令说话者不能随心所欲。相反，五步抑扬格的诗句如莎翁的："可允许我将你比作夏天（Shall I compare thee to a summer's day）？"便很灵活，可以用各种方式朗诵。朗诵者有权决定重音落在何处，同样，也可以选择速度、音高、音量和语调。这行诗的五个重读音节（Shall *I* com*pare* thee *to* a sum*mer's day*？）为朗诵者即兴发挥提供了坚实的基础。不过，倘若是按照我标的重音来读，观众想来不会起立鼓掌。

"黑绵羊，巴巴叫（Baa baa black sheep）"的格律却严格地限制了朗读的方式，没留下多少"个人"发挥的空间。这就像爱尔兰集体舞[1]与夜店里的摇摆，二者迥然有别。这首童谣的重音规律而确切，听起来像是诵经或仪式祷词，而非交谈。即便如此，也能利用语调来传达上文中我的诠释。一张口，便可以轻蔑地聒噪一声"巴巴"，接下来唐突无礼地问道："你说说，可有羊毛？"然后轮到绵羊说话，几句下来，表面上恭敬有礼，暗地里夹枪带棒。

这首童谣的效果部分出自形式与内容的反差。它

1　set dancing 是爱尔兰传统的社交性集体舞，通常两到四对儿舞伴。

的形式简单且朴拙，一如童稚的歌谣，语言简练到仅有一系列短促的符号。这明澈似乎跟我们说，在这首童谣的世界里，一切都很单纯，一切都一目了然。然而，我们刚刚看到，其内容却在大唱反调。外表看似透明却掩盖着种种冲突、紧张、操纵与误解。虽然童谣中的人物没有亨利·詹姆斯晚期小说中那般复杂，但其对话同样充满了含混与暗讽。文本之下隐藏着一个复杂的亚文本，写满了权力、恶意、统治以及虚假的恭敬。它深刻的政治意蕴令绝大多数作品甘拜下风。

133

　　会有人把这话当真吗？看来很难。我刚做的这番解读似乎荒谬至极，让人不屑一顾。除了荒诞不经之外，它还置体裁于不顾。童谣乃是特殊的体裁或文学类型，同所有体裁一样，有着独特的规律与传统，其一便是没人指望它有什么意义。若当它们是歌德的《浮士德》或里尔克的《致俄耳甫斯的十四行诗》来看待，那就大错特错了。它们是仪式化的谣曲，而不是对人类生存状态的诊断。童谣是属于众人的歌曲，内容上天马行空，形式上大玩文字游戏。有时，童谣中充满了看似信手拈来的意象，你就别指望它有叙事的连贯性。故事情节也奇怪地缺乏关联（比如《玛菲特小姐》《唱一首六便士之歌》《鹅、鹅、鹅》），仿佛是些依稀被人记住的片段，而整个故事却消失在时间的迷雾中。《嘿，哎哟，哎哟，小猫拉琴喽》颇似艾略特的诗歌，从头至尾遍布晦涩的意象，拒不构成统一的叙事。把这些歌谣当成《荒凉山庄》[1]或《玛尔菲公爵夫人》[2]来读，就像用保罗·麦卡特尼[3]来衡量莫扎特，实在是荒谬；它们有自己独特的模式。这类诗歌里到处是小小的谜团和晦涩的典故。譬如，《矮胖子》（*Humpty Dumpty*[4]）似乎认为，有必要说说国王的马无法将打碎的蛋拼回去那件事儿，可即便是历史记载中，也没哪匹马能够做得到。

然而，说了这么多也无法确定，这首童谣可否按我提出的方式来解读。请注意，至于它是不是为此解读方式而创作的，就不是同一个问题了。几乎可以肯定是全然不同的。即便如此，一部作品的阐释方式或许让它自己都始料未及。也许会有奢读台灯组装手册的怪胎，认为其对插头与花线的描述诗意盎然，夺人心魄，于是手不释卷、废寝忘食，以致疏忽了伴侣，最终婚姻破裂。不过，手册作者当初定未料到会有如此功用。于是问题就来了，《黑绵羊巴巴叫》为何不能有我说的那个意思呢？倘若我的解读真的荒唐，那么哪里荒唐？

诚然，我们无法求之于作者本意，因为没人知道他是何方神圣。即便知道，未必就能让问题尘埃落定。我对那童谣的解读已够荒谬了，然而作者对自己作品的解释，也许听上去还要荒谬得多。就拿 T. S. 艾略特

1　狄更斯的晚期小说。
2　*The Duchess of Malfi* 是英国十七世纪作家约翰·韦伯斯特的剧作。
3　Paul McCartney，英国歌手、词曲作者、音乐制作人，前披头士、羽翼乐队成员。
4　英国传说中长得像鸡蛋的矮胖子。

来讲，他曾说《荒原》不过是一通押韵的牢骚。这番评论错就错在，它显然有悖于事实。托马斯·哈代常说，对其小说中的争议主题根本没有任何看法。曾有人问罗伯特·布朗宁，他一首很晦涩的诗想表达什么，据说他的回答是："写这首诗那会儿，我的心思只有上帝和罗伯特·布朗宁知道。现在呢，只有上帝知道。"西尔维娅·普拉斯若是坦承，其诗歌的主题是收集古董钟表，我们大概不得不说此言谬矣。有的作家认为自己的作品乃庄严性之典范，却未曾料到，它们竟会令人捧腹大笑。在本书的末尾，我们会谈论这样一位作家。另一个例子是《约拿书》，诙谐大约并非其本意，但无意间其喜剧感却熠熠生辉。

一首诗或一个故事的初衷，作家恐怕早就忘却了。 **135**可话又说回来，文学作品的意义并非单一的，而是能生发出一整套意义来，其中有些如历史般变动不居，而且并非所有都是作者主观意识的产物。毫无疑问，我在头一章中关于某些文学文本的讨论，于其作者而言，大多均闻所未闻。弗兰·奥布莱恩八成没想到，《第三个警察》的第一段竟会暗示，约翰·迪夫尼笨到花功夫将铁管改成气筒，单单为了用它砸死老马瑟斯。E. M. 福斯特若是得知，《印度之行》头四个词组差不多各有四个重读音节，也会颇为诧异。罗伯特·洛威尔不大可能细致讲解《楠塔基特的贵格会墓园》开头数行中格律与句法的抵牾。叶芝在诗作《1916年复活节》中写到一种"可怕的美"[1]，有可能指的是他挚爱的茅德·冈[2]，或都柏林的武装起义，不过对此他大概一无所知。

作者是理解作品意义的关键，这个信念背后是一种对文学的特定认识，即文学就是自我表达。在某些创意写作课上，这种观念颇有市场。依照这个理论，文学作品真诚地表达了作者某些愿与他人分享的经历。这是晚近兴起的观念，大约肇始于浪漫主义。荷马、但丁、乔叟若是听到，定会感到惊诧；亚历山大·蒲柏会迷惑不解，而埃兹拉·庞德和 T. S. 艾略特则会嗤之以鼻。《伊利亚特》的作者要跟我们分享什么个人经历，还真说不清楚。

136　　从几个方面都可以明显看出，文学是自我表现的观念存在缺陷，把这点照直理解时尤其如此。据我们所知，莎士比亚从未给放逐到魔岛上，即便如此，《暴风雨》读起来却甚为逼真。即便真吃过椰子、造过木筏，他最后这部剧也未必会写得更精彩。小说家劳伦斯·杜雷尔[3]曾旅居亚历山大港，但《亚历山大四重奏》的某些读者宁愿他没在那儿待过。莎士比亚的十四行诗写到他的恋人，可或许他一个恋人都不曾有

1　此处选用查良铮先生的译文，出自王家新选编《叶芝文集卷一：朝圣者的灵魂》，北京：东方出版社，1996 年，第 146 页。

2　Maud Gonne（1865-1953），女演员、女权运动者、新芬党创始人之一，叶芝一生爱慕的对象。

3　Lawrence Durrell（1912-1990），英国小说家、诗人、剧作家，他的《亚历山大四重奏》（*Alexandrian Quartet*）入选美国兰登书屋选出的"20 世纪 100 部最佳英语小说"（排名 70 位）。

过。有无恋人对他而言固然重要，对我们来说却无甚所谓。

我们不该将个人经历奉若神明。有人建议立志成为作家的人，要以个人经历为素材，可除此之外还能用什么呢？他们只能写自己意识到的东西，而意识跟敲脑壳一样，都是个人经历的一部分。索福克勒斯写《俄狄浦斯王》时，参考了自己的经历，但显然他不是个因乱伦和弑父而遭到放逐的瞎子。谁都有暴饮暴食的经历，但并非人人都是饕餮之徒。我们可以理解饕餮的概念，就此与人讨论，阅读关于大肚汉的故事，看他们如何在塞进最后一个猪肉馅饼后，整个身体炸裂开来，喷溅到四壁之上。没理由认为，禁欲主义者对人类性行为的描写不够细腻，比不上结婚三次的好色之徒。

于写作体验之外，作家也许没有任何其他体验。他笔下撕心裂肺的痛楚，也许纯是虚构。他大概从未养过一只叫作约翰·亨利·纽曼的乌龟，也未曾淌着血怔怔地在丹吉尔[1]的街巷里蹒跚而过。或许每隔三天，他便流着血在丹吉尔街头跟跄而行，可是写出来却难以令人信服，让我们觉得根本没这回事儿。瞄一眼诗的背后，瞧瞧诗人写的是不是真情实感，其实没多大意义，除非他是在对女秘书激情表白，而你偏巧是他太太。千万不要以为，一首诗中最珍贵的经验其

137

---

[1] 丹吉尔（Tangier）是摩洛哥北部古城、海港，丹吉尔省省会，全国最大旅游中心，人口约31万。

实藏在它"背后",而诗人所做的,是尽力用语言将其传达出来。在"你委身'寂静'的完美的处子(Thou still unravished bride of quietness)[1]"的"背后"有着怎样的经验呢?不反复诵读这文字就能产生共鸣吗?诗歌语言本身就是一种现实存在,而不是传达其他东西的工具。最重要的体验乃是对诗歌自身的体验,而相关的情感与观念是跟词语紧紧捆绑在一起的,无法与之分离。蹩脚的朗诵者毁诗不倦,他们将自己的情感强加给诗,再煽情地表演出来,殊不知某种意义上,诗的情感就蕴藏在字里行间。

且慢,身为作家,不是一定要真诚吗?然而,在文学批评中,真诚这个概念恰恰没多少意义。现实生活中有时亦复如此。并不能因为匈奴王阿提拉的行为出于真诚,我们便为他开脱。说简·奥斯汀真诚地刻画了可憎的柯林斯先生,或者说亚历山大·蒲柏出于真诚才写出"天使不敢涉足,愚人蜂拥而入"这样的诗句,究竟有着怎样的意义呢?我们说一篇文字,空洞无物有之,发自肺腑有之;夸夸其谈有之,感人至深有之;矫揉造作有之,愤世嫉俗有之。然而,用这些词语来描述一位作家,就是另一回事儿了。作家竭力做到真诚,结果却有可能创作出貌似虚假的作品。再炽热的真诚,也无法用荒唐空泛的词语来表达。如果我激情澎湃地说"我爱你,就像爱等边三角形腋窝

---

1 济慈名诗《希腊古瓮颂》的第一行,译文出自《穆旦译文集》第三卷,北京:人民文学出版社,2005年,第436页。

里以鼻子为支点旋转的玉米片"，你可千万别当真。不
管激情不激情，反正这话没意义。你该送我去医院，
而不是跟我去登记。

塞缪尔·贝克特以那般阴郁的笔触描写人性，难
道是发自肺腑吗？这是他在自我表达吗？有没有这种
可能，生活中的贝克特是个天真快乐的人，一心指望
尘世乐园即将降临？实际上，我们知道他不是这样的
人。真实的贝克特有些郁郁寡欢，虽然也喜欢小酌几
杯，开开玩笑，与一二好友小聚一番，但绝不排除这
样的可能：他的诙谐让友人笑得捂着肚子打滚，嘶叫
着求他住口。也许他一度相信，人类终究会迎来灿烂
完满的未来。或许他的作品不过是一个试验，看看有
了核武器的世界是怎样的景象。也有可能，暂时采取
这种态度是他最有效的写作方式。莎士比亚塑造了一
些极端虚无主义者（比如伊阿古，以及《一报还一报》
中精神变态的巴那丁），而他自己呢，至少据我们所
知，却绝不虚无。

怀疑作家能否完全掌控意义，并不意味着对文学
作品的诠释就可以随心所欲。若将《黑绵羊巴巴叫》
解读为对早期苏联电气化的描述，就会发现，很难看
出它与文本有何关联；结果，就出现了一个逻辑问题：
怎么能用它来解读这部作品呢？要是这都行，看来就
没有它解释不了的作品了。也许在斯大林看来，《失
乐园》也是对早期苏联电气化的描述。同样的，如果
人家问："你多大了？"回答是"紫红色大耳朵呼扇呼

扇", 那就不仅古怪, 而且根本就是答非所问, 问与答之间似乎毫无关系。声言叶芝"可怕的美"大概指向茅德·冈, 或者弗吉尼亚·伍尔芙的灯塔象征了印度兵变[1], 都不是空穴来风。我们可以在"可怕的美"中看到茅德·冈的影子, 这是因为我们多少知道她对叶芝意味着什么, 她在他心中引起过怎样的纠结与象征的回响, 他又在其他诗作中如何刻画她。批评家一定要言之有据。

这就引我们回到了之前的问题: 为什么对《黑绵羊巴巴叫》的那番解读可能无效? 若有人高声说: "明摆着不是这个意思嘛!"我该如何回应呢? 也许会反驳, 说已经证明过是可能的。我当时逐行解读, 为构建自己的观点寻找证据, 为的是让人看到, 我的解读可以自圆其说。凭什么说"巴巴"**明摆**着不是叙述者含讥带讽地学羊叫? 依据在哪里? 谁说他不觊觎那绵羊的毛?

然而, 说他觊觎, 又有何凭据? 没错, 这童谣并没说叙述者如何粗野且气焰凌人, 也没说绵羊如何巧妙地予以回击。这也好理解, 文学作品常常讲求含蓄。说实话, 世人每句话的背后都藏着许多暗示, 多到无法逐一详析。我们说"倒垃圾"时, 通常指的是自家垃圾, 而不是暗示人家, 我们会不辞辛苦、不怕花钱, 大老远赶去好莱坞, 替杰克·尼克尔森倒垃圾, 尽管

---

[1] 指 1857 年至 1859 年印度人反抗英国殖民统治的暴动, 其波及面甚为广泛, 最终遭到镇压。

这也不一定。《螺丝在拧紧》虽没明说叙述者患有精神分裂，但这种推断着实合情合理。格雷厄姆·格林在《布莱顿硬糖》里没有告诉读者，黑心主人公平基正一步步迈向地狱，可倘若不是这样，小说便会有很多地方让人不明就里。虽然剧中没有提，我们也知道，李尔王长着两条腿、两个肺、一个肝脏。关键的问题是，在特定情境下，什么样的推断才算合理。这事关判断力，不能简单地制定好规则就算了事，必须能拿出令人信服的理由。

本人已经承认，对《黑绵羊巴巴叫》的解读基本上不是其无名作者的本意，也跟如今唱儿歌的孩子想的不同。我想表达的不过是，即便这样解读，也不会枉顾关键的文本证据，引发逻辑矛盾，或者在字里行间发现子虚乌有的暗示。比方说，若有人一心要尊重文本原意，"巴巴"指的便不会是发动摩托的声音，因为这首歌谣四处传唱时，摩托还没发明呢。假如有种解读，完全建立在巷尾小男孩是叙述者这一假设上，那么，若发现如下事实，它便会遭到严重质疑："巷子深处男宝宝"在童谣中素来就指叙述者，好比《新约》中的"人子"，别的且不论，在阿拉米语[1]中向来指自己。若是这样，第三包羊毛绵羊留给了自己，或者在另一个版本中，拒绝留给自己。然而，根本没有这样的传统。

---

[1] 阿拉米语（Aramaic）是阿拉米人的语言，也是旧约圣经后期书写时所用的语言，被认为是耶稣基督时代的犹太人的日常用语，新约中的马太福音即是以此语言书写。一些学者更认为耶稣基督是以这种语言传道。它属于闪米特语系，与希伯来语和阿拉伯语相近。

因此，并不是说文本证据多到可以推翻我的解读，而是说没有足够的证据支持它，这才是它看起来天马行空、牵强附会的根本原因。这种解读有其合理性，但还缺乏说服力。它很大程度上取决于语气，可文本却无法表现语气，也就常常引起歧义。语气的改变标志着意义的变化。就文本而言，这种过度解读是不合理的，但还没有到不合逻辑的地步。

说我对这童谣的解读不可信，等于说它有违我们对事物的习惯性看法，这是事实，不能视而不见。对深植于日常生活中的默契与看法不屑一顾，是知识分子的傲慢。殊不知，人们可以从中汲取丰富的智慧。不过，常识也不能总信。在上个世纪六十年代的阿拉巴马，种族平等是对常识的冒犯。有人曾严肃认真地指出，《鹅、鹅、鹅》表现的是十七世纪英国内战期间，克伦威尔的军队袭击拒不皈依新教的罗马天主教贵族的家宅。"鹅"指的是踢着正步闯进天主教女贵族寝室的士兵，那因不肯念祈祷词而被扔下楼梯的老人，则是一位拒绝服从新教祈祷仪式的天主教神甫。这番解读够烧脑的吧，可也许它没说错。然而表面上看，似乎跟我对《黑绵羊巴巴叫》的解读一样不着边际。

还有一点也值得注意。《鹅、鹅、鹅》最初也许讲的是十七世纪英国的宗教斗争，但今天孩子们在学校操场上唱起它时，可不会这么想。在他们看来，它讲的仅仅是一个男人逛到楼上、走进妻子睡房的故

事。难道说他们的解读就不可接受？根本不是嘛。只
不过，他们眼中这童谣的意思，不同于几个世纪前它
最初可能有的含义。不过这也是常事，许多文学作品
皆是如此。即便人们知道它的原意，它也不该对后来
衍生出的意义指手画脚。也许在某些方面，后人反倒
能更好地理解一部作品。譬如，与威廉·布莱克时代
的知识相比，现代心理分析的洞察力也许能更好地帮
助我们理解他的《经验之歌》。经历了二十世纪的种
种独裁暴政，人们便能更深切地理解莎士比亚的《裘
力斯·凯撒》。犹太大屠杀发生前后，《威尼斯商人》
中夏洛克这个角色的意义，不可能保持不变。假如理
查逊的《克拉丽莎》经历了十九世纪对它的蔑视后，
在我们的时代又变得清新"可读"，那么部分要归功
于现代女性解放运动。我们比过去更了解过去，此话
不无道理，因为我们目睹了过去一路走来的历程。无
论怎样，亲历历史与理解历史毕竟是有差别的。奈
何，某些历史知识形态已经散佚，我们无缘得见。也
许我们永远无法得知，涌向剧场观看《哈姆莱特》首
演的人们，对复仇伦理有何看法；当然，他们首先得
有个看法。

　　假设，根据童谣这一体裁的传统，读者应该不懈
地追寻故事的神秘意蕴。这跟圣经阐释中的卡巴拉[1]神
秘主义传统颇为类似。它要求读者相信，文本的奥义

1　卡巴拉教派（Kabalistic sect）是犹太教中神秘的一支，其起源可以上溯到十二世
纪至十三世纪，要求信徒坚持艰苦的冥想过程和严格的苦行生活方式。

无可穷尽，等待我们去开掘。与此同时，文本似乎也鼓励读者拿出自己的看法。童谣就像罗夏墨迹测验[1]，允许有主观见解，这是构成它意义的一部分。或者，文本邀请你道出自己的阐释，条件是在逻辑上能自圆其说，且看上去符合文本证据。

若是这样，我对《黑绵羊巴巴叫》的解读无疑是可以接受的，虽然看起来并非全然可信，也无法高调宣扬它的正确性。然而，依据上述阐释理念，就无法将它彻底否定。此外，或许这童谣此刻还没这层意思，但保不准将来会有。我的解读是个预言，说不定哪天就会得到证明。我很自信，这个预言终会灵验，到那时，一代又一代在学校操场上唱起这童谣的孩子们，会不自觉地想到叙事者如何粗鲁，绵羊又如何狡黠。于是乎，我的历史地位便得以稳固。

古代犹太人的"米德拉什"，即经卷阐释实践中，时不时会接受对《圣经》的全新阐释，即便它到了荒诞不经的地步。"米德拉什"一词意为探寻或探究，而神圣经卷的意义在人们看来无可穷尽。每位注经者的每次研究，都会遭遇全然不同的意义。《托拉》，也就是神圣犹太教经书，在人们眼中并不完善，每一代阐释者有义务付出努力，使之臻于完美。然而，任何人都无法给它画上句号。此外，倘若一篇经文脱离了时

1　罗夏墨迹测验（Rorschach blot）由瑞士精神科医生、精神病学家罗夏 (Hermann Rorschach) 创立，是最著名的投射法人格测验，测试者对由墨迹自然形成的图案自由表达自己的联想。

代需求与关切之事，就会被视作名存实亡。必须从当下出发加以审视，才能赋予它生命。除非能将它用于实践，否则便无法真正理解其内涵。

我对《黑绵羊巴巴叫》的解读恰巧不属于这种情况。我还没有处心积虑到拿"米德拉什"的传统来为自己辩护。我的诠释不大受时代需求与关切之事的影响，虽然任何解读行为都不是发生在真空里。不违心地说，它忠实于文本，并未肆意曲解。换言之，它还不至于像"米德拉什"那样大胆或激进，硬说什么黑绵羊就是波诺[1]，什么三包羊毛代表新凯恩斯主义理论不适合当代匈牙利经济的三个原因。

这类阐释显然是异想天开，但我们也能接受，原因是但凡涉及文学，也不会有多大风险。为了《黑绵羊巴巴叫》的叙述者是否乖戾专横这个问题，没人会丢掉性命，甚或是倾家荡产，除非听了我这种批评方法的学生，到系主任那里投诉，说我没水平，蠢到无药可医。然而，若是这般任性解读法律文件，大概会有人丢掉饭碗、自由，甚至是身家性命。有时人想放纵一下，有时却不敢，全要看手头解读的是何种文本。若是路标或处方，就该严格遵照字面意思，不能任意发挥；其他情况下，比如听笑话、读现代诗，或许就是游戏与含混的天下了。有些场合下，必须不计代价地确定意义；而另一些场合下，意义可以得意扬

144

1　波诺（Bono Vox）是 U2 乐队主唱，原名保罗·大卫·休森。

扬地信马由缰。有些文学理论家也许会声称，倘若觉得《黑绵羊巴巴叫》的这种读法令人思路大开、受益匪浅，予以采纳便是顺理成章。另一些会坚持说，此类解读必须具有认知功能，意思是说，必须能提供关于作品的确切认知。

最好不要把文学作品看成是意义确定的文本，而应视为足以孕育多种意义的母式。与其说它蕴含意义，不如说它生产意义。不过，要再次提醒，并不是说怎样阐释都行。也许在某个场景下，"可允许我将你比作夏天"的意思是"能不能帮我挠下背？就在肩胛下面"。也许出于惊人的巧合，在亚马逊流域某个部落的语言中，莎翁这行诗听上去与要求挠肩胛下面分毫不差。抑或有一天，某种强大的催化剂会彻底改变英语，于是，听到人家低语"可允许我将你比作夏天"。我们会心领神会，帮他们挠背。然而，此时此刻，对我们而言，这并非莎翁这行诗的意指所在。

究其原因，意义不是个人能决定的。意义不是私有财产，不像私有土地，仅属一人所有。我不能私自认定，"阐释现象学"指的就是"梅丽尔·斯特里普"[1]。意义从属于语言，而语言提炼自人类对世界的共同认知。意义不是无根的，可以是任意东西，而是与对现实的认知方式绑在一起，即与一个社会的价值观、传统、日常观念、制度风俗、物质条件紧密相关。说

1　梅丽尔·斯特里普（Meryl Streep），好莱坞著名影星，曾主演《苏菲的抉择》《克莱默夫妇》等经典影片，两次荣获奥斯卡最佳女主角奖。

到底，我们的行为决定了说话的方式。要彻底改变一门语言，最起码也要先改变某些行为。我们说意义是固定的，并不是说它是某些词语所固有的。否则，便没有了翻译的可能。意义之所以相对固定，是因为它不仅仅是语言层面的事情。它代表特定时空中人与人之间的契约，体现着共同的行为、情感与感知方式。即便存在争议，人们也必须在某种程度上就所争为何达成一致，否则就不能称其为争议。我认为索菲亚比卡罗来纳更性感（更炎热）[1]，而你说不敢苟同，因为我说的是影星，而你讲的是地名。

146

由此可知，一部文学作品不可能单单对我具有某种意义。我看到了别人看不到的东西，这有可能，但原则上讲，我所看到的若无法与他人分享，则不能称其为意义。没错，即便只是在心里形成确切的意义表述，我也只能使用通行的语言。"黑绵羊"[2]一词也许让我禁不住想到休·格兰特[3]。每当人家提到这个词，我的脑海中立时就闪现出此君的形象。然而，这不会是该词意义的固有部分，只是我个人的无端联想罢了。意义不似市政停车场那般客观，但也不全是主观。文学作品亦是如此，这点在上文中已经指出过。它是一个交流过程，而非物质性客体。没有读者，就没有文学。

1　此处原文用的是 hotter 一词，说人表示"更性感"，说地方表示"更炎热"，所以两人说岔了。索菲亚既是女性名字，也是保加利亚首都；同样，卡罗莱纳既是女性名字，也是美国州名。

2　黑绵羊（black sheep）在英语中有"害群之马"的意思。

3　休·格兰特（Hugh Grant），英国男演员，代表作为《四个婚礼与一个葬礼》。他曾因招雏妓被刑拘，因此作者说他令人想起"害群之马"。

再者，读者从诗歌或小说中读出意义的能力，是由他或她所处的历史状况决定的。在某个特定的时空点，无论文本具有何种意义，都只能受限于读者解读文本的能力。《克拉丽莎》无法让同时代读者明白女权主义观念，却能让当代读者心领神会。阅读文学作品时，读者会带着各种信念与看法，且常常并不自知。其中就有关于文学作品性质的模糊概念，以及应该采用何种阅读策略的大致想法。他们在文本中能发现什么，是由所怀的信念和期待决定的，虽然文本也有可能将这些完全颠覆。的确，对一些文学批评者而言，这种能力才是文学艺术的非凡之处。譬如，读诗前是不可知论者，读诗后没准儿皈依了耶和华证人[1]。

147　　《黑绵羊巴巴叫》没有唯一正确的诠释，且一切文学作品皆是如此。可即便这样，依然存在还算可信的解读。可信的解读必须认真对待文本证据，虽然挖掘证据也离不开阐释。总有不服气的人会说"那也算证据"或者"何以见得《麦克白》里的女巫代表邪恶"。对文本证据往往有不同的理解，于是便出现纷争。至于孰对孰错，可能还真说不清楚，而且也没那个必要。难道人人信服的解读尚未问世，或者到了儿谁也拿不出来？为什么就一定没有呢？或许有的作品正静待振聋发聩的全新解读，静待后世某位读者成全

1　耶和华证人（Jehovah's Witness）是一个基督教派别，具有原教旨主义性质，坚信对《圣经》一字不差地遵从，比如严禁输血。二战期间亦受纳粹迫害。他们常常上门传教，经常遭人白眼，为人耻笑，或被目为邪教组织，但其虔诚态度足以感人。

它怒放的生命。也许只有未来才能让我们更加坚实地把握过去。

*　*　*

除非读者不断做出假设，否则文学文本就无法正常运作。譬如，伊夫林·沃短篇小说《洛夫迪先生出游记》的首句假模假样绷着脸，煞是有趣。"'你（们）不会觉得父亲有多大变化'，莫平夫人说；正说着，车已经开进了郡立精神病院的大门。"然而，跟任何一段话一样，它有好几处空白等我们不自觉地去填补，否则便弄不明白。在这点上，虚构的句子有点儿像科学假设，得换着法子验证它，直到发现可行的那个。我们会猜，莫平夫人说的父亲指的是她丈夫（不过此时还没证据）；她来精神病院看他，孩子或孩子们也一并带来了。我们还会猜，她丈夫在这儿住院，于是"你（们）不会觉得父亲有多大变化"听起来便显得颇为滑稽。它也许意在安慰，"别担心，他很正常，跟进去之前没什么两样"。或者让人略有不安，"他跟带走前一样，还是疯疯癫癫的"。正是这样的歧义，加上干巴巴的口吻，让此话谐趣横生。莫平夫人预测孩子见到父亲时的反应（"你们不会觉得……"）时，却带着发号施令的口吻。也许这就是典型的贵族做派吧。

然而有可能，莫平夫人的丈夫根本不是病人。也许是护士、心理医生或园丁。可是，一看"夫人"这个头衔，这些都不大可能。莫平夫人身为贵族，丈夫

148

就应该是莫平爵爷，而贵族老爷怎会做个心理医生，更别说护士园丁什么的了。再说，人们总觉着，英国贵族都有点儿疯疯癫癫，也就让我们更加怀疑，莫平爵爷可能是患者，而不是医护人员。此外，他的孩子（们）似乎很久没见他了，久到他可能都变了模样，这也证明他不是心理医生或者园丁。"正说着，车已经开进了郡立精神病院的大门"这句话的语法结构暗示读者，开车的不是莫平夫人本人；她如此尊贵，怎么会干这般粗活儿。她大概是端坐在副驾驶位上，旁边是身着制服的司机。

149
　　读者把假设带入作品，而作品则会向读者透露态度。有位评论者曾将斯威夫特对读者的态度描述为"亲密却不友好"。《项狄传》的作者看似好脾气，实则是虐待狂，他邀请读者参与到作品中，好像是个合著者，其实是迫使他为弄清文本意图而殚精竭虑。作品有时像个老友，缠着你非要听他讲；有时一副公事公办的样子，对你冷若冰霜。它也许会跟读者达成默契，权当他是个散淡的博学之士，与它持有同样开明的价值观。抑或它会让拿起书的人心烦意乱、无所适从，冲击他们的感官，丑化他们的信仰，扭曲他们的观念。还有些作品无视观众，自说自话，虽然其冥思苦想也有意无意让人听到，但一副不情不愿的样子。

＊　＊　＊

　　知识一定程度上有赖于抽象过程。拿文学批评来说，这就意味着与文学作品拉开距离，全方位地审视它。这并不容易，部分因为文学作品是在时间流动中展开的，很难一眼从头看到尾。还要找到合适的距离，让我们依然能触摸到作品活生生的存在。有个办法能整体上把握一首诗或一篇小说，那就是研究其主题，即该书最关注什么，它们又具有怎样的模式。下文对查尔斯·狄更斯小说《远大前程》的分析中，主题研究便是我的目的之一。

最蹩脚的文学批评，不过是换换说法，把故事再讲一遍。有些学生自认为在写批评，不过多数时候是在复述故事，间或加几句自己的评论。话虽如此，复述有时却在所难免，所以下面就简述一下狄更斯这部小说。主人公匹普年少时生活在英格兰东南部荒凉的沼泽地区，与姐姐乔大嫂和姐夫乔·葛吉瑞一起过活。姐夫是个铁匠，为人善良，像孩子般天真。对匹普，姐姐实行的是打骂教育，对丈夫亦是长期虐待，令后者苦不堪言。匹普父母双亡，有一天到教堂墓地上坟，给个叫阿伯尔·马格韦契的逃犯逮个正着。那人刚从附近停泊的牢船上逃出来。马格韦契让匹普搞把锉刀来，好锉开脚镣，再弄些吃的喝的。小男孩不敢违命，一样不落地从家里偷来。不过，马格韦契还是被捉了回去，一船给拉到澳大利亚，投入英国囚犯流放地终身监禁。

与此同时，匹普给本地一位叫郝薇香小姐的老淑女找去，陪她美丽傲慢的养女艾丝黛拉玩耍。这老小姐住在朽败的沙堤斯庄屋，虽然有钱，但脾气古怪。郝薇香小姐的恋人在婚礼当天弃她而去，将她一辈子彻底毁掉。沙堤斯庄屋里的钟表也都停在那伤心的一刻。她披着褴褛的婚纱坐在那里，像具骷髅或鬼气森然的蜡像，周围是婚宴的残余，都已朽坏生虫。匹普爱上了艾丝黛拉，可郝薇香之所以收养她，就是为了伤男人的心，为自己的遭际复仇；所以，找他来就是给艾丝黛拉热身练手，而小匹普对此却浑然不觉。

沙堤斯庄屋的一番见闻，令匹普对铁匠铺的卑贱生活益发不满。虽然签了契约，跟着乔学徒，但他立志要做绅士，以赢得艾丝黛拉的芳心；这美人曾明着讲，对他那市井活法甚为鄙视。其间，在铁匠铺，乔大嫂被乔的雇工恶人奥利克一顿毒打，辗转病榻，口不能言，最终撒手归西。乔继而娶年轻教师毕蒂为妻，此女为人可亲，对乔也不会动不动拳脚相加。

伦敦来的律师贾格斯告诉匹普，一位匿名赞助人赠予他一大笔财产，他可以去伦敦做绅士了。匹普误以为赞助者是郝薇香小姐，此举是为了栽培他，好配得上艾丝黛拉，于是欣然赶赴伦敦，在冷面贾格斯的监护下，过上了不思感恩的安逸日子。他变得虚伪势利，瞧不起自己的出身，对伤心却不抱怨的乔甚为傲慢，令人作呕。虽然出身做工人家儿，匹普早就盼着有一天能出人头地，所以打小儿就不说本地方言，而是一口标准英语。（奥利弗·退斯特也是如此，虽然在贫民习艺所里长大，说话却像个注册会计师。在维多利亚时代，人们普遍认为，小说男女主人公说话时不应该省掉"h"音，也不该把元音拖长。机灵鬼[1]说一口伦敦土话，这与他偷人手帕不无关系。）

不久后，马格韦契突然现身，告诉匹普，他就是那位神秘的赞助人，此番是从澳大利亚潜逃回来的。他在国外发了财，为了报答匹普，决意要把他变为上等人。闻听此言，匹普大惊失色，面对这位道出实情的恩人，一时间只有满心的憎恶。马格韦契因为非法离境而遭到当局追捕，于是匹普动用关系，安排船只秘密送他出国。然而，他却再次落入法网，被判死刑，所幸尚未行刑便已辞世。此时，匹普对这重犯的态度亦有所改变，而且获知，马格韦契便是艾丝黛拉的生身父亲，可惜他自己却并不知情。老人临终前，匹普在床前告诉他，他有个女儿，为自己所深爱。听得这话，老人便安详地死去。

152

到了这会儿，匹普对此前的势利与野心深感懊悔。失去那笔财富后，他在一家不大不小的公司做职员，后来成为合伙人。他得了场重病，但开心的是得以与乔和毕蒂重聚。乔对他像婴儿般悉心照料，使他恢复了健康。此后他与艾丝黛拉再度重逢，此时的她也是身无分文。郝薇香小姐死于家中大火，临死前良心发现，为处心积虑让匹普伤心的行为而忏悔。艾丝黛拉

1　狄更斯《奥利弗·退斯特》中的人物，他名字参照了荣如德先生的译法。

遭此大变，性情同匹普一样变得温和，懂得了谦卑与悔过。二人似乎终将结为连理，不过狄更斯原来的结尾却要阴郁得多。

这就是故事的梗概；出于好心，一些夸张的巧合与荒谬的情节我就没有提。从中能发现什么重要的模式吗？首先，我们大约会注意到，这部小说里有太多人充当人家父母。乔大嫂虽是匹普的大姐，行为却像他母亲；她丈夫乔·葛吉瑞按说是匹普父亲的角色，可实际上却是他的挚友，就像一位兄长。到最后，在乔身上，匹普找到了真正的精神父亲，这就让情况变得更为复杂。在此意义上，葛吉瑞一家是对传统家庭的阴郁戏讽：乔大嫂对匹普而言既是姐又是妈，对乔来说既是妻又是娘；而乔呢，既是兄长又是父亲。这让我们想到汤姆·莱勒[1]那首讽刺俄狄浦斯的歌曲："他爱自己的妈妈，无人能及 / 女儿成姐妹，儿子是兄弟。"小说接近尾声时，匹普像照顾孩子般照顾精神父亲马格韦契。有位评论者指出，这让他成为自己父亲的父亲。此外，就像匹普与乔一样，二人间尚有种手足之情，因为小时候都遭到虐待。如果主人公终会得到救赎，那么犯过罪或不管孩子的家长一定会被谅解，就像考狄利娅对李尔王的原宥；而倔强的孩子如匹普，也必须接受别人，比如乔和毕蒂的宽恕。

狄更斯早期作品中，家庭温暖有爱，常常成为避

1　Tom Lehrer，美国犹太讽刺幽默大师。

难所，将残酷的公共世界挡在门外。在这部小说中，贾格斯的文书、好心肠的文米克，就有这样一个温馨的家。然而如今，要把家建成避风港绝不轻松，就文米克而言，他为房子挖了条护渠，进出都得走吊桥。这位英国人的家就是座不折不扣的城堡。公共与私人领域就此泾渭分明，因为唯有如此，前者的冷酷才不会侵扰后者的安宁。在文米克家的护墙内，他与诙谐无比的老父亲，过着亲情满满的日子。反观之，匹普的家一副病态，哪里像个家，甚至隐约透着乱伦的气息。铁匠铺一如沙堤斯庄屋，弥漫着某种深刻的不安，既涉及性，也关乎家庭。"forge"（铁匠铺）既表示铁匠的工坊，也有诈骗、欺骗之意，不禁让人联想到沙堤斯庄屋和匹普的伪绅士身份。在郝薇香小姐那病态扭曲的世界里，爱和性与暴力、残忍、权利、幻想及欺诈息息相关。这部小说中，爱绝不仅仅与仇恨和控制相对立，而是与后者紧密交织。

　　匹普儿时的家紧挨着铁匠铺，这就意味着，与文米克的迷你城堡不同，工作场所与家庭领域有重叠之处。这种格局的缺点是，公共世界的暴力与压迫感会渗透入私人领域。乔是个铁匠，干活儿时总要敲敲打打，乔大嫂对待匹普亦颇为类似。实际上，乔跟男孩儿讲，他爹也是铁匠，却顶不喜欢这行当，"有劲儿不去打铁，一股脑全用在了我身上，打的那叫狠啊"。对乔大嫂的毒打，匹普用"不公正"来评价，就此将家庭暴力与公共领域里的法律、犯罪及惩罚联系起来。

154

铁匠铺随处都是铁，而奥利克正是用一块铁将乔大嫂击倒的。

不过，这种工作与家庭、公共领域与私人空间的紧密关系，也颇值得重视。不论是好是坏，在葛吉瑞家，这两个领域的距离微乎其微。乔作为工匠的优秀品质，与他作为朋友和代理父亲的美德息息相关。狄更斯晚年对有一技之长者颇为欣赏，不大看得上以股票投机为生的人。手工活儿实实在在，而纸面财富是对他人劳动的剥削。马格韦契的钱是一滴汗珠摔八瓣挣来的，郝薇香小姐的呢，却全然不是这样。所以说，铁匠铺透着真实，而财富与特权的世界却显得脆弱和虚幻。匹普从乡间的家到了时尚的伦敦，便是从现实走向了虚幻。最终，要获得救赎，就得踏上相反的旅程。

郝薇香小姐是养女艾丝黛拉的替身母亲，而马格韦契是匹普的替身父亲。"我就是你第二个父亲，"他跟匹普讲。"你就是我的儿子，没有比你更亲的了。"由于马格韦契也是艾丝黛拉的生父，便再次隐隐透出乱伦的意味。在这个意义上，匹普与艾丝黛拉就是兄妹。事实上，马格韦契认为女儿已死，这才会"收养"匹普聊作补偿。即便是匹普的远亲潘波趣先生，那个油腔滑调的老骗子，也摆出一副老子关心儿子的姿态。再有，匹普的监护人贾格斯也是一位父亲式的保护者。好心人文米克亦给予他一定父爱，而他的朋友赫伯特·朴凯特让匹普学会了绅士的举止。

这些替身家长有好有坏。乔大嫂和郝薇香小姐属于后者，而乔、贾格斯和文米克属于前者。马格韦契虽然也属前者，但他的情况很难说清楚。然而，纵观全书，真正合格的家长寥若晨星。郝薇香小姐是个邪恶的仙女教母（她甚至有根魔棒般的拐杖），而马格韦契是满足你愿望的好神仙。不过，在童话传统中，渴望很少如人所愿地实现；说到匹普，这点千真万确。口中仙食转瞬间便会化作灰烬。精彩的梦突然间就能变成梦魇。

我们该如何看待这些伪家长、大顽童、恶继母，以及难免乱伦之嫌的兄妹呢？别的且不论，《远大前程》对所谓起源问题甚为执着。我们究竟来自何处？存在的真正根源又是什么？弗洛伊德认为，人在幼童期就提出了这个问题，而且天真地认为，他（她）自己生了自己，根本没有父母的事儿。也许我们都是从自己的两腿间蹦出来的，因此避免了依赖他人的尴尬。也许像上帝一般，我们始终存在着。孩子们一想到生命有源就难以忍受，究其原因，大概有生就意味着有死。长大的过程中，我们必须逐渐接受一个事实：无论觉得如何自由且自立，我们都不是自己的创造者。给我们定位的，是我们无法左右的历史，对它我们几乎一无所知。这段历史融入了我们的肉体、血管、骨骼、器官，也融入了我们的社会状况。我们的存在，还有我们的自由和自主，都取决于一连串的人和事，而这一切错综复杂，永远也无法彻底理清。虽然情节

156

正在上演，但很难弄清我们在其中的位置。自我的源头居然不是自我。这个谜，我们必须学会与它共处。

孩子也会异想天开地认为，眼下这个家并不是自己真正的家。也许他根本就属于一个辉煌的家族，只是出生时被仙女掉了包，才落得与现今的家人为伍。弗洛伊德称其为"家世妄想综合征"，匹普显然是该病的患者。沙堤斯庄屋代表着他渴望拥有的出身。这极具讽刺意味，因为这所大宅不过是个朽败恶毒的躯壳，充满了缥缈的幻象，仅有的居者是两个孤寂的女人，没有血缘关系，一个八成是个疯子，另一个患有情感障碍。匹普竟然厌弃铁匠铺的生活，而向往这个病态的梦境，说明他脑子出了问题。

匹普的行为是对小说故事情节的误读。他以为，自己是郝薇香小姐那个情节中的人物，未曾想实际上却属于马格韦契的故事。说出自己属于哪个故事从来不是一件简单的事。就自己身份的起源，即谁才是"创造"他的那个人，主人公犯了个灾难性错误。他以为自己是郝薇香小姐的出品，实际上却是个囚徒的大作。起源问题迷雾重重，就像匹普眼中的马格韦契，是个"可怕的谜团"。然而，这个谜团涉及的不仅仅是个人。人类文明来自何处？我们共同生活的起源又是什么？

157 这部小说中的答案是毫无疑义的。文明那肮脏的根就扎在罪恶、暴力、劳苦、折磨、不公、悲惨以及压迫中。匹普的赞助人竟是马格韦契，这个事实便足以昭示小说深藏的真相。正是这粗粝的根，滋养了这世上文明的花朵。"我活得很难，"囚犯跟匹普说，"是为了你能活得轻松。"正是艰苦劳作与非法行径，成全了匹普的好运。于是，他在伦敦的悠游生活染上了"牢狱和罪恶的污迹"，怎样都无法抹去。郝薇香小姐同匹普在伦敦跻身其中的高雅社会一样，其财富都源于残酷的剥削与压榨，而那个时尚的社会却对此毫不知情，或者至少是漠然处之，正如匹普根本没有想到，给予他真实身份的，是身处社会底层的马格韦契。即便是艾丝黛拉，也跟犯罪有着不解之缘，因为她竟然是马格韦契和一个谋杀嫌犯失散多年的女儿。这部书所呈现的文明若意识到其真正的根基，恐怕很难有脸再活下去。

小说的这一看法激进到令人咂舌。说实话，狄更斯本人远没有如此偏激；现实生活中的他，政治观点要温和得多。他信奉的是社会改良，而非暴力革命。在此意义上，同他别的晚期小说一样，《远大前程》证明了我们此前注意到的一个观点，即作家的真实看法未必等同于他或她在作品中表露的态度。D. H. 劳伦斯曾说，"相信故事，千万别相信讲故事的人"。明摆着，小说同情的是犯罪肆虐的底层社会，而不是对狄更斯顶礼膜拜的时髦世界。沙堤斯庄屋揭露了体面背后的阴暗，且看郝薇香小姐那些道貌岸然、贪得无厌的亲属，像秃鹫般环伺左右，就等她咽气，好扑上来把她的钱哄抢一空。

　　小说中的道德试金石乔盼着马格韦契能甩掉在沼泽里追捕他的士兵。匹普到伦敦后，最初看到的就有新门监狱，可怜的囚徒在里面惨遭鞭笞与绞杀。后来，写到马格韦契被押到法庭听候死刑宣判时，小说描述了栅栏里等待宣判的犯人："有的怒目而视，有的魂飞魄散，有的呜咽啜泣，有的捂住了脸"，并与"挂着大表链、佩着花束的司法长官们，衙门里或道貌岸然、或凶相毕露的官僚们，庭吏、法警……"[1]做了鲜明的对比。整部书都在明显地暗示，正统社会貌似温良恭俭，实则残忍腐朽，与盗贼凶徒的世界别无二致。

　　这部小说暗示，匹普与马格韦契之间有着相似性。两人与正统社会的关系，都是一脚在内，一脚在外，不仅权利遭到剥夺，而且饱受欺凌压榨。两人都没受过什么教育，习惯了被人吆来喝去。在维多利亚时代，孩子们不比死囚犯享有更多的自由。成年人满脑子都是基督教义，认为孩子堪称魔鬼之后，所以小匹普动辄便遭大人拳击掌掴、羞辱詈骂。小说中有一处毫不讳言地将孩子描绘成该上绞架的罪犯，这便指出了匹普与马格韦契间隐秘的相契之处。关于孩子与犯罪的直接关联，小说里还有一处。贾格斯本非一个软心肠的自由派，可他也义愤填膺地跟匹普讲，自己亲眼看到孩子们"坐牢的坐牢，挨鞭子的挨鞭子，流放的流

1　此处的译文以王科一先生的译文为蓝本，并参照了主万、叶尊先生的译文。

放，无人过问的无人过问，流落街头的流落街头，纷纷准备好上绞架的条件，到长大了就给绞死"[1]。

贾格斯在伦敦是个令人既畏又敬的律师，似乎跟每个前科犯都有点头之交，故而成为故事中沟通底层世界与上层世界的桥梁。他办公室墙上挂着绞刑犯的死亡面具。既然他多少靠打人命官司谋生，也就成为书中几个活死人中的一号。马格韦契在大墙之内生不如死，所以也位列其中。此外还有郝薇香小姐，情人背叛的那一刻，她的生命就僵死了。再就是乔大嫂，她在给奥利克砸碎头骨后，便悬于生死之间。乔大嫂之死暗示，匹普不但是罪犯的同谋，而且间接参与了谋杀。马格韦契弄断脚镣的锉刀就是他偷来的，而奥利克正是用那副脚镣袭击了乔大嫂。弑母的阴影笼罩在主人公的头上。

* * *

《远大前程》的开头绝妙地呈现出一幅凄凉的景象。匹普独自来到乏味、阴恺、孳生热病的沼泽地，在教堂墓地的墓碑间游荡，一艘牢船停泊在离岸不远的地方，附近还有一座绞架。死亡、罪行以及人类的痛苦都汇聚到这巧妙安排的象征图景中。就在匹普感受到人类原始创痛的那一刻，马格韦契突然跳到他面前。这是个骇人的异类，像神话中的人物一样瘸了条

1　译文出自王科一译《远大前程》，上海：上海译文出版社，2011 年，第 465 页。

腿，吓得男孩子肝胆俱裂：

> 好一个可怕的人！穿一身灰色粗布衣服，腿上拴一副大铁镣。头上也不戴一顶帽子，只裹着一块破布，一双鞋子破烂不堪。他刚在水里泡过，满头满脸都是烂泥，闷得他透不过气来；两条腿给乱石堆子绊得一瘸一拐，给碎石片儿划出一条条创痕，给荨麻戳得疼痛难挨，给荆棘扯得皮开肉裂；走起来高一脚低一脚，一边走一边抖，又瞪眼又咆哮。他赶过来，一手抓住我的下巴，一口牙齿捉对儿厮打。[1]

> *A fearful man, all in coarse grey, with a great iron on his leg. A man with no hat, and with broken shoes, and with an old rag tied round his head. A man who had been soaked in water, and smothered in mud, and lamed by stones, and cut by flints, and stung by nettles, and torn by briars; who limped, and shivered, and glared and growled; and whose teeth chattered in his head as he seized me by the chin.*

160

1　王科一译：《远大前程》，上海：上海译文出版社，2011年，第2页。此处再举出罗志野先生的译文（译林出版社），以资参考："这是一个面容狰狞的人，穿了一身劣质的灰色衣服，腿上挂了一条粗大沉重的铁镣。他头上没有帽子，只用一块破布扎住头，脚上的鞋已经破烂。看上去他曾在水中浸泡过，在污泥中忍受过煎熬。他的腿被石头碰伤了，脚又被小石块割破，荨麻的针刺和荆棘的拉刺使得他身上出现一道道伤口。他一跛一跛地走着，全身发着抖，还瞪着双眼吼叫着。他一把抓住我的下巴，而他嘴巴里的牙齿在格格打战。"

这是个可怖的幽灵，身上透着某种动物性，某种非人性的气息。然而，这也是纯粹的人具有的非人性；他摆脱了文明的羁绊，向匹普的人性发出了赤裸裸的呼唤。男孩子做出了回应，就此仿佛与一切被放逐被剥夺者达成了象征性契约。与此同时，他也同罪恶秘密建立了患难与共的关系。实际上，不难看出，这幅鬼气森森的场景影射了人类堕落的故事，虽然从表面看，匹普只是给这绝望的同伴倒提了起来，并未真的堕落。随着故事展开，马格韦契确实进一步颠倒了匹普的世界。这是男孩头一次遭遇犯罪与困苦，因此也是某种对原罪的呈现。这一切都带有某种罪恶感，一种干伤天害理的事给当场捉住的感觉；因为偷自家东西害怕被罚，匹普很快也会对此感同身受。对马格韦契施以援手尽管是义举，却让匹普失去了原有的天真。他已经跨越了法律的红线，无论如何努力，却再也爬不回去。

即便对弱者怀有深切的同情，小说依然拒绝将马格韦契理想化。事实上，他的某些行为极易遭到严厉的指责。匹普后来的麻烦大多拜他所赐，毕竟，是他偷偷给了男孩儿一大笔财产，让他与铁匠铺渐渐疏远。可见，这种慷慨多么匪夷所思。无论匹普当时如何心向往之，但毕竟没主动提出要做绅士。马格韦契也未就此征求他的意见。他这么做是为匹普着想，但同时也是让自己满意。他甚至不无骄傲地说，这个被保护人"属于"他。此处暗暗用到了弗兰肯斯坦与其怪物

161

的典故。作为囚徒，马格韦契无法掌握自己的命运，可他没想到，自己令挚爱的匹普也陷入了同样的境地。同样的，艾丝黛拉也是郝薇香小姐的玩偶。最终，她对自己的创造者怒目相向；匹普对第一次回到伦敦的马格韦契也是同样的脸色。这个重犯把一份财产赠给一个几乎完全陌生的人，然后站到一边，欣赏自己的作品，这是不负责任的行为。这么做不仅忽视了财富可能带来的痛苦，也是对自己的精神养子行使某种权力。郝薇香小姐与艾丝黛拉的关系中，这种情况也极其明显。在这部书里，权力隐伏在许多人际关系的背后。

《远大前程》中存在着几种文学模式。它既是现实主义的，也带有幻想成分。郝薇香小姐不是那类能在附近商场撞见的人，马格韦契倒是能凑合着在那里做个保安。书中安排的许多巧合毫无真实可言。这部小说还利用了名为成长小说的文学模式，讲的是主人公的教育经历或精神历程。除此之外，寓言、罗曼司、神话、童话的比重也很大。然而，在这点上，该小说不同于狄更斯某些早期作品。前文中已经看到，有时小说会以童话为手段，制造大团圆的结局，而从现实主义角度看，这似乎难以企及。比如，《简·爱》让简听到风从远方传来主人的哀呼[1]，从而让二人得以团圆。早期的狄更斯也擅长这种手段。然而，《远大前程》看

1　祝庆英译：《简·爱》，上海：上海译文出版社，1980年，第551页。

穿了此类把戏。它认识到，慷慨的仙女郝薇香实乃恶毒的女巫，美梦遭到污染，财富招致腐败，抱负纯属虚幻。阿伯尔·马格韦契是个法力高超的巫师，让穷孩子摇身一变成为王子，但却为此付出了极其高昂的代价。罗曼司就此变了味儿。"郝薇香（Havisham）"这个姓氏暗示，"拥有（have）"只是"假象（sham）"。渴望拥有，到头来却万事皆空。

即便如此，偶尔操纵一下情节，小说并没什么意见。最终，匹普没有回到铁匠铺，可以接着做他的绅士，虽然再也不能游手好闲。简言之，他终于成为一心向往的中产阶级，只是此时有了正确而非错误的价值观。说到操纵情节，郝薇香小姐的惨死或可理解为作者对她的报复，谁叫她冷酷无情地陷害主人公。匹普与马格韦契达成了和解；但不久之后马格韦契便撒手人寰，正好，匹普也就不必再跟他有何瓜葛。将这粗鲁的老头儿铭记在心是一回事，让他在客房里再住二十年可是另一回事。

成长小说主要讲人的发展，而匹普的经历却是倒退的。借用 T. S. 艾略特在《四个四重奏》中的话，他必须返回起点，才能真正认识它。有人指出，他的名字（Pip）是回文性的，意思是正读、反读都一样；而且，匹普只有回到原点，才能有实质性的进步。要获得真正的自立，就必须直面自己不堪的出身。唯有接受那段身不由己的历史，你方能获得自由。唯有回头直视自己的过往，你才能继续摸索前行。若将过往硬压下去，有一天它必将反扑，打你个措手不及，就像马格韦契没打招呼便闯入匹普在伦敦的寓所。

小说的开始既是某种终结（比如教堂墓地里匹普双亲的坟茔），而其终结却是新的开始，改过自新的匹普与艾丝黛拉携手前行，重新开始生活。相反地，故事在沙堤斯庄屋里停滞不前。时间陷入了僵局，发霉的屋内郝薇香小姐走来走去，却仍困在原地。就叙事而言，读者也会注意到，虽然故事采用了第一人称，但却无情地刻画出叙述者的道德缺陷。匹普成了个令人厌恶的小暴发户，这点他不但自己看见，也让读者看见，彰显出他强大的人格力量。毫无疑问，正是这种力量帮他最终渡过劫难。

故事中的某些重要意象模式强化了主题。其中之一是铁的意象，它以诸种形式出现：马格韦契的脚镣，后来被奥利克用来重击乔大嫂的头部；匹普从乔那儿偷来的锉刀，后来再一次出现；那艘有着粗大锚链的牢船，"像戴着镣铐的囚犯"；乔大嫂的婚戒，惩罚匹普时擦伤过他的脸；不一而足。在象征意义上，马格韦契为匹普锻造了锁链，即便那是金银所铸成。匹普的学徒契约具有法律效力，将他与铁匠这行"捆绑"，虽然他对打铁毫无兴趣，只有厌弃。由此可见，铁在小说里象征着暴力与囚禁，但同时，它也代表了坚实与淳朴，与沙堤斯庄屋和伦敦上流社会形成了鲜明的对比。它告诉我们的，是铁匠铺和犯罪猖獗的下层社会的真相，以及它们的残酷与凄凉。

164

此外，食物意象模式贯穿了整个故事，其意义同样模棱两可。食物跟铁一样与权力、暴力相关。马格韦契恐吓匹普，说要生吞了他；男孩儿偷给囚徒的馅儿饼让他背负上内疚与恐惧；在潘波趣先生那个诡异的故事里，匹普变成一头惨遭割颈的猪；郝薇香小姐说那些贪婪的亲戚是在吃她的肉。虽然如此，食物与饮料也象征着友情与团结，比如好心的匹普为枵肠辘辘的马格韦契带去食品。能让狄更斯心跳加速的，莫过于煎锅里滋滋作响的火腿发出的香味了。

看罢我的描述，没人会猜到这部书竟会令人捧腹大笑。乔·葛吉瑞是作者创造的最佳喜剧人物之一。小说跟他开了不少善意的玩笑，同时又将他树立为整部书的道德标杆。然而我们看到，乔的铁匠铺孤立于乡间，这或许是说，只有与腐朽的社会影响相隔离，美德才能绽放。文米克的城堡式居所亦是如此。除此之外，这部书里幽默随处可见。即便是描绘异常丑陋的现实，狄更斯也能做到妙趣横生，这说明，喜剧是他对抗苦难的一剂良方。在其晚期作品里，善意常常缺席；然而，即便善意在小说描绘的冷酷世界里难觅其踪，描绘的手法中却蕴含着充沛的道德感。在这些小说的创作中，暖心的同情、体察的能力、善意的幽默、和煦的态度，一一发挥了应有的作用，意味着狄更斯的道德价值观与写作行为不可分割。

《远大前程》毫不怀疑它描述的虚构世界哪个最为真实，是乔的，还是郝薇香小姐的。与之相反，《奥

165

利弗·退斯特》却犹疑不决，拿不准哪个更贴近现实，是费根及其一帮小贼身处的底层犯罪圈，还是最终拯救奥利弗的中产阶级社会。难道费根的底层世界不过是梦魇般的插曲，在富亲戚怀中惊醒过来时，你会暗道一声谢天谢地？或者他肮脏的巢穴比布朗劳先生的画室更为真实？费根的生活方式有种妄作胡为的快乐，这是布朗劳先生的城市生活所不具有的。费根也许是又一个伪家长，但他很会煎香肠，在狄更斯眼里，这可是大大的加分项。毫无疑问，他与那帮窃术高超的徒弟们也会卷入抢劫和暴力犯罪，以及某些不上档次的勾当；然而，这个组织也是对家庭的变态戏仿（所有女性成员都是妓女），而且比葛吉瑞一家要热闹快活。

事实上，这部小说明着谴责这伙无赖，但对他们的刻画却并不与之相符。费根算是个恶棍，但像狄更斯一样，也是个表演者，有着爱戴他的观众。机灵鬼给押上法庭时，不无讥讽地说"这不是秉公而断的地方"[1]，而小说似乎也毫无疑问地赞同他的看法。话虽如此，布朗劳一家的确充满爱心与同情，而费根与比尔·塞克斯肯定做不到。奥利弗跟着前者才有未来，在窃贼的厨房里一定没有盼头。可见，不能一味指责中产阶级肤浅，其成员也并非人人浅薄。布朗劳们有着文明的价值观，起码懂得保护弱者。别以为他们只

166

1　荣如德译：《奥利弗·退斯特》，上海：上海译文出版社，1984 年，第 402 页。

知道不能用桌布擤鼻涕。

我们已经看到，匹普退烧后醒转，发现乔就在身边，令他倍感温暖。同样，奥利弗久病初愈，发现自己安安全全，躺在布朗劳先生雅致的家中，暂时脱离了费根罪恶的魔爪。两人虽然都从一个世界换到另一个，但方向殊为不同。奥利弗给人一把从底层拽到文明社会，而匹普却从文明社会回归底层。二人的旅程背道而驰，对哪种生活更为真实给出了迥异的答案。然而，在某种意义上，《远大前程》兼具两个世界的优势。匹普不会留在铁匠铺。他将继续过体面的生活，然而不会像从前那般奢靡。他先是离开铁匠铺，然后回归，然后再次出发。这不是一个从破衣烂衫到鲜衣怒马，再跌回破衣烂衫的故事；更像是从衣衫褴褛到衣着得体的转变。

毋庸置言，我对此书的探讨远不够全面。所有的阐释都是片面的，一时的。没有盖棺论定一说。然而，检视我这番简短分析的目的，似乎不无裨益。它与叙事的流动拉开距离，仔细甄别频繁复现的观念与主题，发现了某些平行、对立与关联关系。它避免孤立地看待人物，而视之为某种模式中的元素，与主题、情节、意象和象征地位相同。对如何用语言营造气氛和情感氛围，我也简短地加以探究。不止关注故事内容，也关注其形式与结构。考虑了故事对人物所持的态度，粗略地查看了文本中出现的各类文学模式（现实主义、寓言、幻想、罗曼司等等）。此外，就小说中矛盾含混

167

之处进行了深入探讨。

我还就小说的道德观提出了一些问题，至于它是否合理，读者大概不会放弃追问。文明的根源真是犯罪与不幸吗？这个观点是不是太过偏颇？这般问题完全合情合理。文学作品有它的观点，但我们未必就要积极认同。我们有权抱怨，《远大前程》对中产社会的评价太过武断，认定法律只是粗暴的压迫工具有失偏激，对死亡和暴力表现出病态的迷恋，对乔的刻画过于感情用事。此外，除了毕蒂，小说中几乎没有正面的女性角色，这点也该值得我们关注。

* * *

匹普与奥利弗均是父母双亡。因此，他们属于从汤姆·琼斯到哈利·波特的卓越谱系，涵盖了孤儿、准孤儿、受监护人、弃儿、私生子、可怜的继子以及疑似给人调了包的孩子。这类人物在英国文学中屡见不鲜。失怙失恃者大受作家青睐，有着几个原因。其一，他们不名一文，常常遭人轻贱，全靠自己在这世上打拼，这便能激起读者的同情与赞赏。我们理解他们的孤寂与焦虑，同时钦佩他们自力更生的奋斗精神。孤儿往往感到脆弱且遭遇不公，而这种感觉恰能用来象征性地评价整个社会。狄更斯的晚期作品让人觉得，社会制度放弃对公民的责任，令所有人都成为孤儿。

168 社会就是个假父亲，从不履行父亲的义务，反而让所有男女替他承担责任。

再者，小说，尤其是维多利亚时代的小说，对艰苦奋斗靠一己之力摆脱穷困发家致富的人很是着迷。这简直就是美国梦的预演。无父无母的确令他们前行的道路更为平坦。盖因少了家世的拖累，他们就不至为亲情所牵绊，可以放手一搏。在 D. H. 劳伦斯的《儿子与情人》中，保罗·莫雷尔算是亲手解决了母亲。在故事的结尾，他只身上路，去追求独立的生活。我们已经看到，现实主义小说往往以问题的解决而告终，而典型的现代主义小说则让主人公不再迷惘，独自远行，他的问题虽未解决，但至少摆脱了社会或家庭的羁绊。

孤儿是反常的人物，与收留他们的家庭若即若离。他们与环境有些格格不入。孤儿是零余之人，不得其所，是家庭这副扑克里的小丑。正是这种断离状态驱动着故事的发展，所以说，孤儿是可堪一用的叙事手段。如果我们是维多利亚时代的读者，准知道到了小说的尾声，他们就会否极泰来，但也会好奇，这样的结局何以得来，一路上人物们又会经历怎样有趣的冒险。所以，读者既感到笃定，又觉得没底，这种矛盾心态最是撩人。恐怖影片虽然阴森可怖，令观者心神不宁，但因为知道是假的，也就不至于胆战心惊。

当下，英国文学最钟爱的孤儿非哈利·波特莫属。哈利早年寄人篱下，跟可憎的德斯利一家生活，这与小男孩儿匹普以及寄居里德家的小姑娘简·爱的经历差相仿佛。然而，在哈利身上，弗洛伊德所谓“家世

169 妄想综合征"居然并非妄想。他的家世可比德斯利一家要显赫得多。事实上，在《哈利·波特与魔法石》中，首次踏入霍格沃茨魔法学校时，他发现自己早已是闻名遐迩。哈利出身巫师名门，不仅比德斯利一家高贵（那是自然！），且足以睥睨所有麻瓜（非魔法师的凡人）。他的父母皆为法术高超的巫师，且声名显赫，备受爱戴。与《远大前程》相反，这个幻想毕竟是货真价实的。和匹普不同，哈利无需变成特别的人。他本身就是个特别的人。实际上，哈利身上无疑有着弥赛亚（救世主）的影子，即便是一心向上爬的匹普也不敢有此非分之想。就像贾格斯找到匹普，告知他即将一步登天的喜讯，头发蓬乱的巨人海格也从天而降，向哈利透露了他的真实家世与身份，引他走向已经规划好的非凡未来。由于哈利生性谦逊，并无野心，所以比倨傲自得的匹普更惹人喜爱。他的好运是盛在盘子里呈上的，没有花他半点气力。

哈利摊上个糟糕的替代父亲，即粗野蛮横的德斯利先生，所幸他遇到一众慈爱的替代父亲，从邓布利多、海格到小天狼星布莱克，足以弥补前者造成的不幸。德斯利家是他现实中的家，可那根本算不得家；霍格沃茨是个梦幻的家，却是他真正的归属。邓布利多告诉他，有的事情虽然发生在头脑中，但并不一定就是假象。幻想与日常现实在作品中汇流，令它盘桓在现实主义与非现实主义之间。在这部小说描绘的现实世界中，匪夷所思的事情明目张胆地发生着。读者

必须在这个系列小说中发现自己熟知的现实，方能在 170
魔法将之幻化时获得快感。读者大多是没有地位或权
威的孩子，因此，目睹别的孩子拥有巨大的法力，无
疑会让他们大呼过瘾。由此看来，即便几乎每页上熟
稔的现实，都与奇异的魔幻并置，带来不和谐的感觉，
现实主义与非现实主义的结合，对这部小说依旧至关
重要。人物施展法术时，穿着蓝色牛仔裤。笤帚落
地，会激起泥土与卵石。食死徒与穆丽尔姨妈并肩而
立。不真实的生物进出真实的大门。有一次，哈利[1]用
魔棒清洁烤炉时弄脏了手帕。擦炉子为何不直接用魔
棒呢？

　　魔法若能解决人类的一切问题，故事便没有存在
的必要。我们已经看到，故事想要立起来，其人物必
定要遭遇不幸，获得启示，或者时来运转。哈利·波
特系列小说中，这些际遇不可能源自魔法与现实的激
烈冲突，因为魔法会赢得不费吹灰之力，哪里还会有
惊险的故事可讲。所以，它们必须来自魔法世界内部
的分裂，来自正邪两派巫师的斗争。魔法力堪称双刃
剑，可行善，亦可作恶。唯有如此，故事情节才能顺
利展开。但这也意味着，善与恶也许同宗同源，并非
表面上那般势不两立。《哈利·波特与死亡圣器》中
"圣器"（Hallows）的本意是"圣化或神化"，因此，
看到它与"死亡"（deathly）紧紧绑在一起，我们心中

---

[1]　原文中这件事是罗恩而不是哈利做的。

便涌起了不安。它让人想到，"神圣"（sacred）原本既有"被保佑"，也有"受诅咒"的意思。我们还看到，这一系列小说既让幻想与现实对峙，又呈现了二者的交融。同样，它们坚信，光明力量与黑暗势力不共戴天，无私的哈利与恶毒的伏地魔总要拼个你死我活；然而与此同时，却时时刻刻质疑这种对立，总也不肯罢休。

从很多方面看，这一点都清晰可见。一则，邓布利多这类慈父也会渐渐显出恶意。就像《远大前程》中的马格韦契，邓布利多亦暗中布局，以期拯救哈利；不过，读者时不时会对他的本意打个问号，正如马格韦契对匹普的规划也曾引起疑虑。最终我们看到，他站在天使一边，但行止亦有亏缺，这使得善恶间看似清晰的界限变得模糊。西佛勒斯·斯内普的所作所为亦是这般含混难辨。此外，伏地魔不仅仅是哈利的仇敌，也是其精神之父与邪恶自我。二者的鏖战颇似《星球大战》中天行者卢克与达斯·维德的争斗，乃至两个恶棍名字的首字母都一模一样[1]。

诚然，与达斯·维德与卢克不同，伏地魔和哈利不是亲父子。然而，哈利体内长着伏地魔的关键部分，就像所有人都带有父母的基因。竭力摧毁黑暗魔王的同时，哈利也在与自己拼斗。真正的敌人总是来自内心。哈利虽然憎恨这个暴君，却也无奈地与他维持着

---

[1] 伏地魔（Voldemort）与达斯·维德（Darth Vader）的姓氏首字母都是 V。

亲密关系。"真恨他能进入我的内心,"哈利愤愤不平地说,"不过我会利用好这点。"哈利与伏地魔在某种意义上实乃同一人。只不过,哈利能抓住进入这个恶棍内心的机会,一举将其击败。

哈利的亲生父母给予他生命与慈爱,而作为父亲形象的伏地魔却异常残忍、极端跋扈。他代表的父亲是令人生畏的法律或超我;在弗洛伊德看来,这是一种内在于自我的力量,而非外在的权威。弗洛伊德认为,父亲形象的黑暗面与伤害、阉割的威胁有关。若说哈利额头上的伤疤通过某种心灵感应将他与伏地魔联系起来,也便可以说,我们这些人都带着具有类似关联的心理伤疤。伏地魔切望独占哈利,因此,哈利便成为光明与黑暗力量角逐的战场。事实上,这部小说与悲剧仅一步之遥。就像许多寻求救赎的角色,哈利必须以自己的死换取他者的生。唯有一死,方能彻底消灭伏地魔。不过儿童故事有着大团圆的传统,以免心灵创伤让小孩子睡觉时瑟瑟发抖,所以小说祭起了各式法宝,使哈利免遭死亡的厄运。全书的结束语"一切都很好"道出了所有喜剧末尾的潜台词。

在这些故事里,文学批评者还能发现什么吗?首先,这里面有政治维度。一群法西斯精英般的魔法师对拥有麻瓜血统的同类充满敌意,与开明的巫师们展开了斗争。这便提出了某些重要问题。如何能做到既不感觉高人一等,又能变得"与众不同"?少数派与精英分子有何差别?有可能像巫师对麻瓜那样,既区别

172

于大众，又与之保持某种团结吗？这里有一个隐而未发的问题，涉及孩子与成人的关系；书中魔法师／麻瓜的关系正是对此的影射。孩子代表着某种谜题，他们与成人类似，但绝不相同。他们就像霍格沃茨的居民，虽然与成人世界有交集，但却生活在自己的世界里。要对他们进行公正的评价，则需承认他们与成人的差别，但也必须把握尺度，不能将他们视作邪恶的"他者"。维多利亚时代某些福音派教徒就犯了此类错误，认为自己的子女桀骜不驯、难获重生。一些现代恐怖影片中也存在同样的观念。孩子的"他性"让人联想到异类与邪灵，《外星人 ET》与《驱魔人》就是很好的例证。传统中罪孽深重的孩子，如今变得鬼气森森。弗洛伊德认为，既陌生又熟悉的事物是"离奇"的。然而，若稍不留神孩子们就会喷出五颜六色的呕吐物这一看法是错误的，那么同样错误的，是像童年之独立地位获得承认之前那样，将孩子视作小大人。（英国文学书写童年始自布莱克与华兹华斯。）同样，应当承认少数族裔的特殊性，但也不能痴迷于其"他性"，反而置大量的共性于不顾。

这个系列小说值得关注的还有主要人物姓名里的音节数。在英格兰，上层阶级的姓名往往要长于劳动阶级的名字。丰富的音节象征着另一类富足。叫作菲奥娜·福蒂斯丘 - 阿巴思诺特 - 斯迈思的人不可能出身于利物浦的穷街陋巷，而叫乔·多伊尔的却很有可能。赫敏·格兰杰（Hermione Granger）的名字是三个主角中最讲究的；"赫敏"在英国上中产圈子里比较常见，"格兰杰"让人想到乡间大宅[1]。这个名字包含不少于六个音节。（一些美国人将"Hermione"读错，只读了三个音节。）哈利·波特（Harry Potter）是典型的中产阶级主角，他的名字包含四个音节，平衡且齐整，不夸张也不小气。罗恩·韦斯莱（Ron Weasley）的名字就显得寒酸了，只有三个音节。他的姓氏让人想到"黄鼠狼"（weasel），这个词的引申义为鬼祟的骗子手。黄鼠狼不是什么威武的野兽，所以正好拿来给罗恩这样出身低微的人物取名。

174

　　我们大概也注意到，大量如 Voldemort（伏地魔）般以 V 开头的词汇都具有负面意义：villain（恶棍），vice（邪恶），vulture（秃鹫/趁火打劫者），vandal（肆意破坏公物者），venomous（有毒的），vicious（残酷的），venal（贪赃枉法的），vain（虚荣），vapid（乏味的），vituperative（谩骂的），vacuous（空洞的），voracious（贪婪的），vampire（吸血鬼），virulent（狠毒的），vixen（泼妇），voyeur（窥淫癖），vomit（呕吐），venture capitalist（风投家），vertigo（眩晕），vex（烦扰），vulgar（庸俗的），vile（可恶的），viper（蝮蛇/心如蛇蝎之人），virago（悍妇），violent（暴力的），verkrampte（极右种族主义分子），vindictive（怀恨的），vermin（害虫），vengeful（心存报复的），vigilante（法外施刑

1　grange 是"庄园"的意思。

者）以及 Van Morrison[1]（对爱尔兰音乐传统演奏方式的热衷者而言）。V 字手势具有侮辱性，象征着阉割。伏地魔（Voldemort）在法语中意为"逃离死亡"，但也许别有意指，因为 vole（田鼠）也不是什么像样的野兽。这个名字或许也在暗示"墓穴"（vault）与"霉菌"（mould）。

有的批评家认为，哈利·波特系列小说不值得探讨。在他们眼中，这些书哪算真正的文学。什么是好的文学，什么是坏的文学，让我们接下来看。

1　凡·莫里森，生于贝尔法斯特的爱尔兰音乐全才。

第五章 价值

是什么决定了文学的品质？如何判定好、坏或平庸？多少世纪以来，人们给出了纷繁多样的答案。深刻的洞见、忠实于生活、统一的形式、广泛的认同、道德复杂性、语言的创新、想象的视野，所有这些都曾作为伟大作品的标志而被提出，更别说一二颇可怀疑的标准，比如为不羁的民族精神发声，或为提高钢铁生产速度而将炼钢工人刻画成史诗英雄。

某些批评家认为，原创性至关重要。一部作品与传统和成规的决裂愈甚，愈是前无古人，则获得的评价愈高。许多浪漫主义诗人和哲人秉持这种观点。不过，只要稍加思索，便足以发现破绽。新并不一定代表价值。化学武器新吧，可为之欢欣鼓舞的人却寥寥无几。同样的，传统不一定就意味着保守古板。传统不只是让银行经理披上锁子甲将黑斯廷斯战役[1]重演一遍那么简单[2]。我们有着荣耀的传统，如英国女性争取

---

[1] 黑斯廷斯战役（Battle of Hastings）。1066 年 10 月 14 日，英格兰国王哈罗德二世率益格鲁 - 撒克逊军队与诺曼底公爵威廉的大军在黑斯廷斯（英国东萨塞克斯郡濒临加来海峡的城市）地区激战，最终征服者威廉击败对手，大获全胜。
[2] 这种对战役的重演是一种每年举行的游戏。

选举权的斗争，以及美国的黑人民权运动。这种文化遗产可以是革命性的，也可以是保守的。成规也并非呆板而刻意。"成规"（convention）本意就是"聚到一起"，没有人的聚集，便不会有社会生活，艺术作品更不遑多论。人们的性爱也遵从成规。倘若依照某个文化的成规，喷香水与烛光晚餐是绑架的序曲，那么做爱前这么折腾就大可不必。

十八世纪作家蒲柏、菲尔丁及塞缪尔·约翰逊对原创性持某种怀疑态度，觉得那就是赶时髦，甚至颇为反常。新颖不啻为一种古怪。创造性想象一不小心便会沦为虚妄的空想。再说，严格来讲，创新本来就是不可能的。这世上不存在崭新的道德真理。倘若上帝原初并未向世人昭示那寥寥数条准则，让我们依此获得救赎，那就未免过于刻薄。若是他忘了告诫古亚述人通奸有罪，却因奸情将他们打入地狱，这般玩忽职守便不可原谅。在新古典主义者蒲柏和约翰逊看来，与某些新兴的观念相比，经无数人多少世纪的检验而证实的真理必定更值得尊重。疯癫的天才半夜两点臆想出的东西哪能与人类的共同智慧相提并论。四海之内，人性皆同，因此，不可能真正超越荷马与索福克勒斯对人性的描写方式。

说到发展，科学也许会吧，艺术则不会。类同比差异更值得关注，普遍比特殊更有分量。艺术的职责就是为人们熟知的事物提供生动的形象。现在大致就是过去的复现，其合法性源于对过去的忠实。构成现

在的大多数元素也构成了过去，而未来只是过去稍加
改动的翻版。变化遇到了世人怀疑的目光，因为在衰
退与进步的天平上，它可能更倾向于前者。这自然无
可避免，然而，白云苍狗本就是人类堕落状态的标志。
伊甸园不曾识得变化。

　　若说这一新古典主义世界观与我们的远隔光年，
也许是二者之间隔着浪漫主义的缘故。对浪漫主义者
而言，世间男女秉有创造之精神，以永不枯竭的宏力，
令世界之面貌焕然一新。因此，现实活力充沛，而非
死气沉沉，人们应该为变化欢呼，而不该为之恐惧。
人是历史的创造者，掌握着无尽的进步可能。要踏进
这个美丽新世界，只需挣脱束缚他们的诸种力量。创
造性想象高瞻远瞩，其力量能以我们最深切的愿望来
重塑世界。它不但能激发政治革命，也能赋予诗歌以
灵感。在此，个人天赋获得空前的关注。人不再被视
作孱弱、有缺陷的生灵，随时会犯错误，随时需要强
硬的统治者敲打。相反，他们的根深植于无限之中。
自由是他们至为本真的特质。渴求与奋争是他们的本
性，他们真正的家园在永恒当中。我们应该培养对人
之能力的宽宏信任。激情与爱意大多出于良善。它们
有别于冰冷的理性，将我们与自然、与彼此紧密结
合。应该让它们摆脱人为的束缚，恣意生长。真正公
正的社会以及最优美的艺术作品，一定允许它们无拘
无束地发生。最受人珍视的艺术品一定超越了传统与
成规。它们不会奴才般效仿过去，而是催生出丰富与

奇特的事物。

178 　　每件艺术品都是奇迹般的新造物。它是上帝创世行为的回声或翻版。像上帝一样，艺术家也是无中生有，凭空创造出艺术作品来。赋予艺术家灵感的是想象力，而想象力并非实存之物，其丰富与匮乏因人而异、因时而异。它能从子虚乌有中幻化出崭新的事物，比如深谙催眠之术的古舟子，或者耽于发表哲学论述的陶片。即便如此，艺术家绝无可能与上帝平起平坐，因为就创造而言，上帝拔得了头筹，其创造物无懈可击。诗人可以模仿创造的神迹，但是他的创造受到时间的钳制。再说，这套理论显然不符合实际的创作过程。任何艺术品都无法凭空而生。柯尔律治并未创造出古舟子，而济慈也没有臆造出希腊古瓮。如任何艺术家一样，浪漫主义作家锻造艺术所用的素材，并非他们自己的出产。在此意义上，他们与其说是微神，不如说是砖瓦匠。

　　浪漫主义的创新冲动为现代主义所继承。现代主义艺术立场坚定地对抗凡事都已标准化、类型化、预制化的世界。它遥指一个超出此种二手成品文明的领域，旨在让我们以全新的眼光看待世界，打破而非巩固我们习以为常的感觉方式。它以奇异性与独特性反抗命运，拒绝降格为一件普通商品。然而，一件艺术品若是新到空前绝后，便也无从认知，就好比真正的外星生物不是多手多脚的侏儒，而是此刻坐在我们腿上的无形怪物。一件能够辨识的艺术品，必定与已归

类的艺术品有关，即便最终它将这个类别弄得面目全
非。即便是件革命性的艺术品，也唯有比照其所革命　179
的对象，才能对其革命性做出判定。

无论如何，就算是前无古人的文学作品，旁的且
不论，亦是由之前无数文本的碎片与残余构成的。文
学的媒介无外乎是语言，每个词都经过几十亿次的使
用，已然陈旧、肮脏、破损、寡淡。若有人高声道，
"我独一无二的、宝贵的、可爱到无法言说的宝贝儿"，
某种意义上，这一准儿是引用别人的话。即便这话从
未有人说过，所用的字词也早让人耳朵生茧，何况此
种可能性微乎其微。由此观之，新古典主义者蒲柏或
约翰逊比看起来要精明得多。某些二十世纪先锋艺术
家曾梦想绝对的创新，但事实上这绝无可能。我们很
难想象，会有比乔伊斯的《芬尼根守灵夜》更令人震
撼的原创作品了。的确，乍一看，该书是以何种语言
写成都难以分辨，更遑论蕴含的意义。实际上，该书
大量的词汇我们都耳熟能详，所谓创新不过是将字词
进行了怪异的组合。所有文学作品都这么做，只不过
这部书做得更夸张。

这并不是说创新绝无可能。人类那些事儿没有绝
对的中断，也没有绝对的延续。没错，我们无限地循
环使用着符号。不过，乔姆斯基说得也没错，我们不
断生产着从未说过听过的句子。在此意义上，浪漫主
义者与现代主义者是正确的。语言显示出惊人的创造
力，它是人类迄今为止最灿烂的创造物；就创造性而言，甚至超过了梅尔·吉布森[1]的电影。说到新的真理，人类在不断地发现它们。对真理的探究有多种方式，其中之一叫作"科学"。在新古典主义时期，它尚处于襁褓之中。但是，艺术同样既可以创新，也可以继承。作家能够创造新的文学形式；亨利·菲尔丁自认为在这样做[2]，而贝尔托·布莱希特的确在剧院里做到了[3]。这些形式像人类历史上多数事物那样，并非前无古人。但它们也有可能开拓全新的疆域。比如在文学史上，T. S.艾略特的《荒原》几乎没有任何先例。

到了后现代主义，创新的渴念才开始消退。各种后现代理论对创新评价不高，而且将革新远远抛在了脑后。相反，在它热衷的世界里，每个事物都是其他事物的翻版、转化、戏仿或衍生。这并不是说，每个事物都只是复制品。若真是那样，就意味着某处存在着原版，但实际上并非如此。我们没有原版，只有仿品。原初就只有模仿。可以断定，若有一天我们遇到貌似原版的东西，细查之下，会发现那也只是复制品、模仿品或仿制品。不过，也大可不必为之沮丧，没有真货，也便没有赝品。每样东西都是伪造的，这在逻辑上也讲不通。亲笔签名是个人独特的标志，但只有

1　好莱坞著名男演员，曾主演《勇敢的心》《未来水世界》《爱国者》等影片。
2　亨利·菲尔丁在《约瑟夫·安德鲁斯传》的前言中曾说，创作这部小说的动机在于创造新的体裁，即"散文体喜剧史诗"（comic epic poem in prose）；他认为，在此之前，尚未有人用英语做过此类尝试。本书作者此处似在嘲笑他自以为是。
3　布莱希特的戏剧理论创新，即"陌生化效果"（Verfremdungseffekt）为世人所公认。

与本人其他签名大致相符，才能证明它真实不虚。可见，签名若要为真，首先必是摹本。历史发展到如今，街头智慧与玩世心态大行其道，天下之事已无新鲜可言；不过，凡事都可以重复来做，而所谓新就在这重复之中。将《堂吉诃德》一字不差照抄一遍[1]代表着一种真正的创新。所有现象，包括所有艺术作品，都由其他现象编织而成，所以，绝没有什么是簇新的，也绝没有什么彼此酷似。借用乔伊斯的说法，后现代主义是种"静止不变变动不居"（neverchanging everchanging）的文化，就像晚期资本主义，无时不变，却又万变不离其宗。

倘若好的文学永远都是那些锐意创新的文学，读者就得被迫否认大量文学作品的价值，其中包括古代牧歌、中世纪神迹剧、十四行诗和民谣。同样的，如果说最好的诗歌、戏剧、小说以无可比拟的真实和对生活的贴近重造了我们的生活世界，那么按照这个标准，最优秀的文学无疑是现实主义作品。这样的话，上至《奥德赛》与哥特小说，下至表现主义戏剧和科幻作品，只能是大笔一挥，打入另册。然而，作为衡量文学价值的标准，"逼真地反映生活"显得苍白而可笑。莎士比亚的考狄利娅，弥尔顿的撒旦，狄更斯的费根之所以迷人，恰恰因为这等人物不可能出现在沃尔玛。对文学作品而言，"忠实于生活"不是什么了不

181

1　此处应该指博尔赫斯短篇小说《〈吉诃德〉的作者皮埃尔·梅纳德》。主人公梅纳德想重写《堂吉诃德》，殚思竭虑，挖空心思，最终写出的小说却与原著一字不差。

得的优点，就好比画启瓶器画得分毫不差，未必就能如何。或许，因相似而生出的愉悦感是神话、魔法思维的遗存，因为此二者对类同与相似皆甚为痴迷。对于浪漫主义者和现代主义者，艺术之目的非模仿生活，而是改变生活。

不管怎样吧，什么才算现实主义，这是个争论不休的话题。我们通常认为，现实主义人物性格复杂、有血有肉、形象丰满，且随故事的发展而变化，比如莎士比亚的李尔王，或乔治·艾略特的麦琪·塔利弗[1]。可是，狄更斯的某些人物之所以是现实主义的，恰恰因为不具备上述特征。他们的形象远不够丰满，反而是丑陋扁平的漫画人物。除了奇特的长相或扎眼的身体特征，对他们没有再多的刻画。然而，有位批评家指出，在熙攘的街头或拥挤的街角，我们往往就是这样观察路人的。这是典型的都市视角，它属于城市的街巷，而非乡村的绿野。仿佛有人从人群中浮现出来，让我们一瞥之下，留下鲜活的印象，随即便永远消失在人海之中。

在狄更斯的世界里，这种手法只为增加人物的神秘性。他笔下的众多人物行事诡秘，难以捉摸，周身笼罩着神秘的气氛，仿佛无人能够窥测其内心。抑或他们仅有表面，毫无内心生活可言，有时就像一件件家具，而非活生生的个体。或许，他们真实的自我严

---

1 Maggie Tulliver，艾略特小说《弗洛斯河上的磨坊》中的人物。

锁于表面之下，外人无从得见。这又一次说明，这种人物塑造模式反映了城市生活。大都会湮灭了人的身份，将个人囚于孤寂的生活之中，彼此间仅有断续的了解或交往。人与人的接触转瞬即逝，时有时无，各自都是对方眼里的谜。所以，照这个道理看，狄更斯对都市男女的刻画手法虽不丰满，但更接近真实。

有的现实主义作品反而不够真实。它呈现的世界也许看着眼熟，却透着肤浅，读者不肯买账。腻味的言情小说与蹩脚的侦探故事即属此类。还有一种情况，非现实主义作品反倒贴近现实：它杜撰出一个有别于我们的世界，却揭示出日常经验里真实与重要的东西。《格列佛游记》就是一个很好的例证。《哈姆莱特》不是写实，因为青年人通常不会以诗歌来咒骂自己的母亲，也不会挺剑刺穿未来岳父的身体。但是，这部戏在某种微妙的意义上，依旧是现实主义的。忠实于生活并不总是意味着忠实于生活的表象，也许意味着要将这表象撕碎。

重量级文学作品都具有永恒且普遍的吸引力吗？　183
这当然是多少世纪以来争论不休的问题。伟大的诗歌与小说能够超越其时代，向任何人传达意义。它们探讨的，是人之存在所具有的永恒不朽的特征，比如欢愉、痛苦、悲伤、死亡以及性爱的激情，而非局限于一时一地的特点。正因为此，我们今天读到索福克勒斯的《安提戈涅》、乔叟的《坎特伯雷故事集》才依然会有动于中，即便这两部作品来自迥异于我们的文化时期。鉴于此，关于两性猜妒的伟大小说（比如普鲁斯特的《追忆似水年华》）应该不缺，而关于俄亥俄州下水系统瘫痪的伟大小说就很难说。

这么说似乎有些道理，但也引发了几个问题。《安提戈涅》及《俄狄浦斯王》确已流传千年。然而，我们欣赏的《安提戈涅》与古希腊观众赞美的《安提戈涅》是同一部戏剧吗？关于此剧的主旨，我们的认识与他们的一致吗？如果不一致，或者我们拿不准，那么断定它穿越千年而不变之前，我们就会多几分踟蹰。假如我们发现，某部作品对当时的观众真正意味着什么，也许便不会对它有那么高的评价，对它的喜爱也会相应减少。观看莎士比亚戏剧时，我们与伊丽莎白及詹姆士一世时代的观众有着完全相同的感受吗？这感受无疑有着相同之处。但也要记住，伊丽莎白或詹姆士一世时代的普通观众观看这些戏剧时，持有与我们相去甚远的价值信念。对文学作品的解读，再怎么出于无意识，均带有我们自身文化价值与成见的色彩。我们曾孙那一辈对索尔·贝娄或华莱士·史蒂文斯的看法会与我们一致吗？

某些批评家认为，与其说经典文学作品的价值是永恒的，不如说它的意义随着时间而变。也就是说，它慢慢发酵，一边演进，一边收获新的诠释。像个渐渐老去的摇滚明星，它得适应各类新观众。即便如此，也不该认为，此类经典会一直春风得意。就像商业企业，它们亦会关门大吉，也会东山再起。文学作

184

品是受人喜爱，还是遭人冷遇，这与变化的历史环境相关。对于莎士比亚或多恩，一些十八世纪批评家远不如我们今天这般痴迷。他们中有不少人根本不当戏剧是文学，甚至连糟糕的文学都算不上。对小说这种下流的暴发户杂种，他们十有八九同样持保守态度。我们在第一章曾考察了弥尔顿诗作《利西达斯》的开头；对这首诗，塞缪尔·约翰逊做出了如下评价："不但用词粗鄙、韵脚不稳，且缺乏怡人的韵律……这首诗不见自然性情，因为它无关真理；不见艺术匠心，因为它缺乏新意。它所采用的牧歌形式，轻浮庸俗得令人作呕。"这可是约翰逊啊，当时公认能力超群的批评家。

历史情境的更变会让某些作品失宠。比如对纳粹来说，犹太作品就毫无价值可言。随着感知方式的总体改变，曾是重要文类的布道辞，因其说教性质，已不再为世人看重。事实上，虽然当代读者想当然地认为，试图说教的文学会枯燥乏味，但并没有理由支持这样的预判。我们现代人往往腻烦"教诲性"文学，虽然《神曲》恰属此类。教诲并不一定教条。在他人眼里，我们深信不疑的信念也许便是无趣的教条。小说与诗歌在创作之时针对的是人们迫切关注的主题，但时过境迁，如今那迫切感已经烟消云散。丁尼生的《悼念集》[1]对进化论忧心忡忡，而今天的人们大多不会

185

1　参见黄杲炘先生译《丁尼生诗选》，上海：上海译文出版社，1995年。

为此纠结。有些问题即便尚未彻底解决，也不再成其为问题。另一方面，历史的发展也会让近乎湮灭的作品枯木逢春。一次大战时，西方文明危机达至顶峰，亦曾遭逢乱世的玄学派诗人及詹姆士一世时期剧作家便陡然间重获青睐。再有，随着现代女权主义的兴起，以遭戕害之女性为主角的哥特小说获得正统地位，不再被目为奇技淫巧般的末流。

即便一部文学作品关注的是人类状态的永恒话题，比如死亡、痛苦或者两性问题，也不能保证就获得主流地位。它的关注也许只是浮光掠影而已。再说，这些人性的普遍特征，在不同的文化中往往具有不同的形态。在不可知论盛行的当下，死亡绝非圣奥古斯丁或诺维奇的朱利安[1]眼中的那个样子。悲恸与哀悼虽世人皆同，然而，一部作品可能以独有的文化形式来加以表现，令我们根本无法深切感受。话又说回来，俄亥俄州下水系统的瘫痪虽算不得人类状态的永恒话题，但为何不能就此创作出伟大的戏剧或小说？为何判定它不具备获得普遍关注的潜力？毕竟，这类瘫痪所激起的情绪，如愤慨、不安、内疚、懊悔，以及对人受到污染的焦虑，对废弃物的恐惧等等，是不同的文明所共有的。

事实上，"所有伟大的文学作品关注的都具普遍

1　Julian of Norwich，中世纪的著名女隐修者（anchoress）。女隐修者自愿进入修道院，蛰居于类似单人牢房的小室内，其后的岁月再不踏出一步，死后则埋葬于该室内。这是一种极端封闭的修道形式。

性，而不限于一时一地"的说法是有问题的。人类情感极少为个别文化所独有。没错，有的情感也许仅仅存在于某时某地。譬如说，对于荣誉问题，当代西方男性不如中世纪骑士那般敏感，做事也不大受骑士规矩驱使。而当代西方女性即便与已故丈夫的堂兄弟或表兄弟结婚，也不会有不洁之感，而在部落社会，情况也许不会是这样。然而，总体来讲，情感无论强烈还是温和，都不受地域所限；原因之一是，情感与身体密不可分，而身体是人类共同的根基。

186

　　不过，我们关心的不只是共同点，差异也令我们着迷，而普遍性的拥趸们有时会忽视这点。我们阅读旅行文学，通常不是为了去确认，汤加或美拉尼西亚的岛民对内部交易与我们持同样的态度。喜爱冰岛英雄传说的人大概没几个会认为，它们对欧盟农业政策有所影响。此外，倘若我们只为反映自己兴趣的作品而激动，那么一切阅读都会变成自恋行为。我们阅读拉伯雷或阿里斯托芬，不仅是为了跳出自己，也是为了更深入地了解自己。满眼只有自己的人着实无趣。

　　文学作品能多大程度地超越其历史情境，也许恰恰取决于其历史情境本身。譬如，若是它产生于一个波澜壮阔的时代，当时的人们正经历改天换地的巨变，那么时代为它注入的活力，也会深深吸引不同时代和地域的读者。文艺复兴与浪漫主义时期便是明显的例证。文学作品之所以能够超越时代，原因也许有二，其一是时代的特性，其二是它与时代的特有关系。莎

187 士比亚、弥尔顿、布莱克及叶芝的作品深刻地反映了其所处的时空，因此可以穿越历史和国界而久久鸣响。

没有哪部作品是真正永恒的。它们皆为特定历史条件之产物。称其为永恒，不过是说其寿命远超过购物单或身份证。然而，即使这样，它们也不会万古流芳。不到最后的审判，没人知道维吉尔或歌德是否能熬到时间尽头，或者 J. K. 罗琳是否能堪堪击败塞万提斯。此外，尚有空间传播问题。伟大作品若是具有普遍价值，那么理论上讲，司汤达或波德莱尔对丁卡人或达科他人的意义与对西方人，或者至少是某些西方人的意义，一定是大致相同的。大约可以这样讲，丁卡人会像曼彻斯特人那样喜欢上简·奥斯汀。不过，要做到这点，他或她先得学会英语，大致了解西方小说的形式，以及奥斯汀小说产生的历史背景。理解一种语言，就等于理解一种生活方式。

对立志要探索因纽特诗歌宝藏的英国读者，情形应该大致相同。上述两种情况下，要欣赏其他文明创造的艺术，都必须超越自己的文化环境。这完全可以做得到；人们一直都在这么做。但是，理解另一文化的艺术作品，较之弄懂其数学家提出的理论要复杂得多。掌握一门语言，要掌握的远不止语言本身。我们不能说，其他文化能在奥斯汀那里发现意义，就因为任何人，无论他是英国人、丁卡人或因纽特人，都具有同样的人性。即便此言不虚，也不足以让他们喜欢上《傲慢与偏见》。

将一部作品归于伟大之列究竟意味着什么？对于 **188**
但丁的《神曲》，几乎人人都以伟大目之，但是，与其
说这种评价发自内心，不如说是人云亦云。也许这就
像嘴里承认人家性感，心里却提不起性趣。对当世大
多数男女而言，但丁的世界观过于离奇，以至其诗歌
给不了人多少快乐或洞见。人们依然会承认他够杰出，
但不会像对霍普金斯[1]或哈特·克莱恩[2]那般言出于衷。
即便这类经典早已无足轻重，人们依然会对它们礼敬
有加。然而，如果已经根本没人对《神曲》充满热情，
仍称其为伟大诗作就难以理解。

其实，不入流的作品也能让我们收获快乐。空港
书店里充斥着大量情节紧凑的小说，虽然也知道不是
什么伟大作品，人们一样读得不亦乐乎。文学教授们
没准儿也会大晚上蒙在被子里，打着手电津津有味地
读宝贝熊鲁柏（Rupert Bear）[3]的冒险故事。说到艺术，
享受并不等于仰慕。有的书无须仰慕便能享受，有的
书即使仰慕也难消受。约翰逊博士对《失乐园》评价
甚高，但我们能清晰地感觉到，除非没有办法，他可
不愿辛辛苦苦再读一遍。

欣赏比评价更为主观。喜欢吃桃而不喜吃梨纯是

1　霍普金斯（Gerard Manley Hopkins，1844–1889）：英国诗人，耶稣会士，写诗注
重内心感受，在音韵与词语方面皆有创新，影响了许多二十世纪的诗人。
2　哈特·克莱恩（Hart Crane，1899-1932）：二十世纪美国杰出诗人，代表作有《桥》。
3　英国经典儿童故事的主人公。

口味问题，可说到陀思妥耶夫斯基和约翰·格雷沙姆[1]谁是更优秀的小说家，就不是喜欢不喜欢那么简单了。论小说成就，前者远胜于后者，就像论高尔夫水平，老虎伍兹[2]能甩雷蒂嘎嘎[3]好几十条街。对此，任何深谙小说或高尔夫之道者，都会毫不犹豫地表示赞同。这就好比，有人品过某个牌子的麦芽威士忌后，竟然对其卓越的品质懵然未觉，足可见此人对麦芽威士忌一窍不通了。真正懂行之人肯定能分出好坏。

这就能说文学评判有客观标准可循吗？客观归客观，但也不至于到"奥林匹斯山比伍迪·艾伦高"这种程度。如果文学评判客观到这个地步，便不会再有任何争论，可是，就伊丽莎白·毕肖普和约翰·贝里曼[4]谁是更优秀的诗人，我们往往会彻夜争论不休。现实中，主观与客观没有明确的界限。意义有主观的一面，但也不可随意解释；比如，我不能将烟盒上"吸烟有害健康"的警告胡乱解释为"尼古丁有助孩子生长，请将香烟与学步的孩子分享"。然而，"吸烟有害健康"的意思有赖于约定俗成。也许在宇宙某处的一种语言里，它指的是一首多声部、无伴奏且对位精妙的歌曲。

问题是，无论高尔夫还是小说，都有何为杰出的

1　John Grisham，美国当代著名通俗小说家，为人极具正义感，先为律师，后专职写作，作品以法律小说为主，揭露司法及社会黑暗，代表作为《杀戮时刻》《律所》《塘鹅暗杀令》《失控的陪审团》《灰色的山峦》等，多部作品被搬上银幕。

2　Tiger Woods，美国人，世界顶级高尔夫选手。

3　Lady Gaga，美国流行歌手，以独特的前卫风格而著称。

4　Elizabeth Bishop（1911-1979）和 John Berryman（1914-9172）俱为美国现代著名诗人。

标准，至于桃子与凤梨哪个味道好，却没有统一的评判。而且，上述标准是公认的，无关个人私下的好恶。该如何使用这些标准，需在社会实践中从与他人的沟通交流中学习。具体到文学，所谓社会实践就是文学批评。然而，有标准并不意味着没异议没分歧。标准对价值评判起指导作用。它不能代人做出评判，就像走棋的规则无法直接帮你赢棋。下棋不能仅靠规则，要创造性地利用规则，而且，规则也不会告诉你，该如何创造性地使用它们，全要靠技艺、智慧与经验。一旦明白什么才是杰出的小说，也许便能在契诃夫与杰姬·科林斯[1]间分出优劣，却无法判定契诃夫和屠格涅夫孰高孰低。

何种艺术优秀，何种拙劣，不同的文化也许有着不同的标准。假设有个喜马拉雅山麓的村庄正举办仪式，作为外来的观礼者，你可以说它无聊或精彩，也可以说它激昂或刻板。至于仪式操办得好与坏，你却无权置喙。若要做出这种判断，就得先了解，按照标准，仪式办成什么样才算出彩。这个道理同样适用于文学作品。不同类型的文学作品会有不同的优劣标准。譬如，某些令牧歌精彩的东西，到了科幻小说里，难免不是败笔。

深刻复杂的作品显然是文学桂冠的有力竞争者。

---

1 杰姬·科林斯（Jackie Collins，1937-2015）：出生于伦敦的美国当代畅销书女作家，作品主要以性和好莱坞为主题，虽然不入正统法眼，但她的三十余部作品全球卖出五亿多册，行销四十多个国家，是有史以来作品销量最大的作家之一。

然而，就其自身而言，复杂并无内在价值。事物不因其复杂而自动获得不朽的地位。比如，人腿部的肌肉固然复杂，但若是小腿肚伤了，还是希望不复杂的好。《指环王》的情节够错综复杂的了，但对于厌恶象牙塔做派或中世纪玄想的人，这并不足以令其对它产生好感。某些抒情诗和歌谣好就好在简洁明快，而非繁复冗杂。李尔王那声呼叫"永不，永不，永不，永不，永不"[1]哪有半点复杂，却更能震人心魄。

有人说，好的作品大抵是深奥的，其实不然。即便是表面描写，也可以精彩绝伦，譬如本·琼生的喜剧，奥斯卡·王尔德的上流社会剧或者伊夫林·沃的讽刺小说。（然而，有人认为喜剧不及悲剧深刻，这种偏见应该引起我们的重视。有深挖细究的喜剧，也有老生常谈的悲剧。乔伊斯的《尤利西斯》是一出深刻的喜剧，但不等于说它滑稽至极，虽然这也是事实。）表面未见得就肤浅。在某些文学样式中，复杂显得突兀。《失乐园》中看不到心理深度或复杂性，罗伯特·彭斯的抒情诗亦复如此。布莱克的名诗《虎》既深刻又复杂，但并非在心理层面上。

我们业已看到，许多批评家坚持认为，优秀的艺术是连贯的艺术，精美绝伦的文学作品至为和谐统一。每个细节都恰到好处，为整体贡献一己之力量，展示出高超的技艺。这种高调的说法不无问题，比如，《小

191

1　朱生豪译：《李尔王》，《莎士比亚全集》，第五卷，北京：人民文学出版社，1994年，第550-551页。

波比》(*Little Bo Peep*)[1]连贯是连贯，但也很无趣。再者，许多后现代或先锋作品虽然没有中心，内容芜杂，各个部分缺乏融洽，但这未必会令它们失色。笔者已经说过，和谐与连贯并不一定就是优点。某些未来主义、达达主义、超现实主义的伟大作品要的就是不和谐的效果。碎片可能比整体更具魅力。

也许，一部作品之所以非凡，全在于情节与叙事。亚里士多德显然认为，精心打造且紧凑的情节，至少是悲剧这种文学样式的核心要素。然而，审视二十世纪最伟大的戏剧之一（《等待戈多》）、最优秀的小说之一（《尤利西斯》）以及最精湛的诗歌之一（《荒原》），便会发现，其中并没有多少事件发生。如果紧凑的情节与有力的叙述决定了作品的文学地位，那么弗吉尼亚·伍尔芙在排行榜上的位置便会惨不忍睹。我们不再像亚里士多德那样推崇厚实的情节。事实上，对情节或叙事，我们根本不再执着。除了小孩子，其他人已不像古人对故事那般喜爱。我们也认识到，区区一点材料亦能编织出动人的艺术作品。

再有，文学作品的语言质量又该如何呢？所有伟大作品的语言都是丰富多彩、新意迭出吗？当然，文学的长处之一，便是还人类语言以真正的丰富性，从而一定程度上恢复遭到压抑的人性。大量的文学语言精彩纷呈、生气蓬勃，不啻为对日常言语的针砭。其

192

---

1 英国儿歌，讲一群动物询问牧羊女下落的故事。

挥洒无羁的气度，是对我们文明的当头棒喝，提醒它注意，语言已泰半沦为生硬的工具。所谓语录体、短信体、管理术语、小报文体、政治空话、官僚辞令等等，在文学语言的比照下，尽显出无血的苍白。哈姆莱特的遗言是"请你暂时牺牲一下天堂上的幸福，留在这一个冷酷的人间，替我传述我的故事吧……此外仅余沉默而已"[1]。史蒂夫·乔布斯临终时则喊道"哦，哇，哦，哇，哦，哇"。你或许感到了二者间的某种落差。文学不止关注语言的实际运用，更强调语言带给读者的感受。它提醒我们，习以为常的语言其实是多么丰美的媒介。诗歌在意的不仅是体验的意义，更是对意义的体验。

尽管如此，并非所有文学作品都该是一场词语的盛宴。某些作品的语言就不是特别惹眼。许多现实主义和自然主义小说的语言可以说朴实无华。没人会说，菲利普·拉金或威廉·卡洛斯·威廉姆斯的诗作充满了丰富的隐喻。乔治·奥威尔算不上文采斐然，而海明威也罕用耀目的修辞。十八世纪崇尚清晰、准确、实在的文风。文学作品自然应该写得好，不过所有文字都该这样，包括备忘录和菜单。一部作品即便没有《虹》或《罗密欧与朱丽叶》的文采，也不妨碍它获得良好的声誉。

那么，这样的作品，又该如何判断优劣呢？我们

---

1 朱生豪译：《哈姆莱特》，《莎士比亚全集》，第五卷，北京：人民文学出版社，1994年，第420-421页。

已经看到，上文提出的几种衡量标准都经不起推敲。既然这样，不如来分析一下某些作品的片段，关注它们的得失，以进一步探寻上述问题的答案。

* * *

不妨用约翰·厄普代克小说《兔子安息》中的一句话作为开始："一个闪闪发亮的模特儿，瘦得像根棍儿，方方的下巴，一笑俩酒窝儿，身量儿高过《蒂凡尼早餐》里的奥黛丽·赫本，此刻她落步下车，脸上带着狡黠的笑意，头戴一顶赛车手的头盔，一袭长裙似乎是用闪光的绳子编织而成的。"（*A shimmery model, skinny as a rail, dimpled and square-jawed like a taller Audrey Hepburn from the Breakfast at Tiffany's days, steps out of the car, smiling slyly and wearing a racing driver's egg-helmet with her gown made up it seems of ropes of shimmering light.*）除了由于大意，有一处近乎重复——"闪闪发亮"（shimmery）与"闪光"（shimmering）——这段文字算得上炉火纯青了。可它给人的感觉是过了头；显得过于缜密，过于用心。每个词语似乎都精挑细选、精心润饰，再与其他词语无缝对接，最后整体打磨抛光。每个细节都做到纹丝不乱。整个句子的布局与表达煞费苦心，过于**刻意**（voulu），有用力过猛之嫌，毫无自然天成的韵致。其斧凿之痕过重，讲究无一词没有用处，无一线头没有打结，无一突兀处没拾掇妥帖。结果，精致是够精致，可惜毫无生气；让人不由想到"圆滑"（slick）一词。这句话本想做些细致的描写，不料却把语言层面搞得热闹非凡，形容词扎堆忙活，从句叠床架屋，读者简直无法静心细看刻画的是什么。语言将读者钦佩的目光引向其纯熟的技巧，尤其希望我们击节赞叹，它竟能穿梭于众多围绕核心动词"落步"（step）展开的从句中，却不曾有一刻失去平衡。

194

厄普代克的小说中，这类情况比比皆是。请看同一部小说中对一位女性的描写：

> 蒲茹的身量宽了，体重却不见长，不像宾州人似的一身肥膘。仿佛一根隐形的撬棍稍稍别开了她的骨头，嵌进新的钙质，皮肉也相应地轻拉开，造就了更为丰满的胸部。曾几何时，她的脸跟朱迪的一般儿窄，如今，时不时看去，活像一副压扁了的面具。多少年熬下来，她已经变成冷漠的妻子和已婚大妈，这期间，一向高挑的她将长长的直发剪掉，弄成了蓬蓬的小卷儿，有点儿像斯芬克斯的发型。

> *Pru has broadened without growing heavy in that suety Pennsylvania way. As if invisible pry bars have slightly spread her bones and new calcium been wedged in and the flesh gently stretched to fit, she now presents more front. Her face, once narrow*

like Judy's, at moments looks like a flattened mask. Always tall, she has in the years of becoming a hardened wife and matron allowed her long straight hair to be cut and teased out into bushy wings a little like the hairdo of the Sphinx.

"像斯芬克斯的发型"倒有些想象力，令人会心莞尔。然而，这段话故伎重演，在刻画蒲茹的同时，悄悄地吸引读者留意语言的高明之处。这种"美文"不过是在极力卖弄文笔。"宾州人似的一身肥膘"的说法显得太过洞悉世情，撬棍的意象足以惊人，却也太过造作。事实上，用"造作"来形容这类风格甚是贴切，且看，密密麻麻的细节遮盖了蒲茹，几乎隐去了她这个人。让人觉得，这段文字是在状物，而非写人。一个活生生的女人，经这么一写，居然变成一幅静物画。

不妨拿厄普代克的文笔与伊夫林·沃短篇小说《战术演习》的片段做个对比：

四月里一个狂风大作的下午，他们乘火车抵达，旅途的不适也算正常。出得站来，他们搭上出租车，行驶了八英里，穿过一条条康沃尔的深巷，经过一栋栋花岗岩屋舍、一座座古旧废弃的锡厂。他们到了那村庄，就是那栋房子通信地址上写的那个，随即穿村而过，沿着两边高地间突然出现的小路，来到悬崖边一片开阔的草场；高

195

天上，云朵疾飞，海鸟盘旋，脚下的草地上，野
花临风起舞，生机勃勃；空气充满咸腥味儿；下
方传来大西洋惊涛拍岸之轰鸣，不远处，靛蓝与
雪白的海浪汹涌跌宕，放眼望去，弧形的地平线
安宁恬静。房子就在这儿了。

*They arrived on a gusty April afternoon after
a train journey of normal discomfort. A taxi drove
them eight miles from the station, through deep
Cornish lanes, past granite cottages and disused,
archaic tin-workings. They reached the village which
gave the house its postal address, passed through it
and out along a track which suddenly emerged from
its high banks into open grazing land on the cliff's edge,
high, swift clouds and sea-birds wheeling overhead,
the turf at their feet alive with fluttering wildflowers,
salt in the air, below them the roar of the Atlantic
breaking on the rocks, a middle-distance of indigo
and white tumbled waters and beyond it the serene
arc of the horizon. Here was the house.*

这段描写没有喧宾夺主之嫌，毫无厄普代克那段
文字矫情的雕琢感，两者相较，自然高下立判。沃的
文笔明快、干净、简洁。它节制有度，不事炫耀，似
乎对自己驾驭语言的本领浑然不知；然而且看，上文

中那个单句从"他们到了那村庄"开始，一路奔到"弧形的地平线安宁恬静"，其间加入了那么多从句，却显得举重若轻、自然天成。该句的句法与呈现的风景气象开阔，其反衬下的结句"房子就在这儿了"显得干净利落，告诉读者不但故事暂停，叙事方式也就此打住。"……乘火车抵达，旅途的不适也算正常"虽含讥带讽，却也令人会心而笑。"古旧"（archaic）一词也许用得重了，但句子均衡的节奏着实令人叹服。这段文字透出一种低调的高效。没有太过繁复的细节，只寥寥几抹轻快的笔触，便勾勒出一幅栩栩如生的风景。

沃的现实主义文风朴实而真切，与厄普代克的文字对比强烈。在这方面，它与下文所引威廉·福克纳小说《押沙龙，押沙龙！》的片段亦大相径庭：

穿着那件套在浴袍外纽扣没对准的大衣他显得个头很大与没有样子，就像一只皮毛蓬乱的熊，他瞪视着昆丁（这个南方人，他的血流得很快这样才能凉下来，也更顺畅以适应，没准是，气候的剧烈变化，没准仅仅是流得更挨近表皮一些）昆丁耸起肩膀坐在他的椅子里，两只手插进口袋仿佛是想用胳膊搂住自己好暖和起来，在灯光底下显得有点衰弱甚至是苍白憔悴，玫瑰色的灯光此刻一点不给人以温暖、舒适的感觉，他们两人的呼吸在冰冷的房间里都成了淡淡白气，房间里此刻不是只有他们两人而是有四个人，呼气的两人如今不是两个个体而像是各自都成了一对双胞胎，年轻人的心和血（施里夫当时十九岁，比昆丁小几个月。他看上去就是十九岁的样子；他是那样一种人，他们的确切年龄你永远也看不准因为他们看上去就是这个年龄这就让你告诉自己，他或是她不可能是那样的因为他或她看去跟那个年龄太一致了反倒不可能利用自己的外表：因此你怎么也不敢死心塌地地相信他或她正是他们声称的那个年龄，要就是出于万般无奈他们只好承认的年龄，要就是那年龄是别人告诉他们的）……[1]

In the overcoat buttoned awry over the bathrobe he looked huge and shapeless like a disheveled bear as he stared at Quentin (the Southerner, whose blood ran quick to cool, more supple to compensate for violent changes of temperature perhaps, perhaps merely nearer the surface) who sat hunched in his chair, his hands thrust into his pockets as if he were trying to hug himself warm between his arms, looking somehow fragile and even wan in the lamplight, the rosy glow which now had nothing of warmth, coziness, in it, while both their breathing

---

[1] 李文俊译：《押沙龙，押沙龙！》，上海：上海译文出版社，2010 年，第 264-265 页。本书作者在引用福克纳原文时，在最后 "...to be" 处以句号结束，而原文此处并未结束，应该是 "...to be, strong enough, and willing enough for two, for two thousand, for all"。

vaporized faintly in the cold room where there was now not two of them but four, the two who breathed not individuals now yet something both more and less than twins, the heart and blood of youth. Shreve was nineteen, a few months younger than Quentin. He looked exactly nineteen; he was one of those people whose correct age you never know because they look exactly that and so you tell yourself that he or she cannot possibly be that because he or she looks too exactly that not to take advantage of the appearance: so you never believe implicitly that he or she is either that age which they claim or that which in sheer desperation they agree to or which someone else reports them to be.

　　这种文风看似发自天然，实则遍布机心，可偏偏颇受某些美国创意写作课程的青睐。尽管它貌似对秩序与成规浑不在意，实际上却与彼得拉克体十四行诗[1]一般精雕细琢。它力求自然，却显得过于刻意，矫揉造作。状若全无雕饰，实乃顾影自怜。笔法的拙笨（where there was now not two of them[2]）却被当作真实经

---

[1]　Petrarchan sonnet：意大利文艺复兴诗人彼得拉克（Francesco Petrarca, 1304-1374）创造的十四行诗体。

[2]　李文俊先生译为"只有他们两个人"，而按照原文应该是"现在不是他们两个人"。本书作者认为，这种说法太拗口，福克纳装作自然，实际上写出的句子根本不自然。当然，这种看法只是一家之言。

197　　验该有的粗糙。论其实质，最后数行惊人的繁复，不过是炫耀文字，卖弄小聪明。这段文字既缺技巧，也乏节制；牺牲了优雅、节奏与简洁，只换来一句接一句的废话（恰如某些人对历史的概括）。这段话啰唆到了一种境界，让这位作家闭嘴可比登天还难。且问，刚好十九岁究竟是个什么样子？

　　文字可以做到既有"文学味儿"，又能有效地达到写作意图。譬如弗拉基米尔·纳博科夫小说《洛丽塔》中主人公的车被私家侦探跟踪的那一段：

> 　　我们后面的驾车人，衣服的两肩都有衬垫，嘴上留着特拉普式小胡子，看上去就像橱窗里陈列的一个人体模型；他的折篷汽车所以向前行驶，似乎就因为有根无形无声的丝绳把它跟我们那辆寒碜的车子连在一起。我们的汽车要比他那华美、喷漆的汽车差好多倍，因此我根本没有想要把它甩掉。*O lente currite noctis equi*[1] 噩梦啊，轻轻地跑吧！我们爬上了长长的斜坡，又朝坡下驶去，注意车速的极限，让过走得缓慢的儿童，从容不迫地将黄色路牌上曲里拐弯的黑色曲线一一重新描过。不管我们怎么开，不管我们往哪儿开，两车中了魔法的间距完完整整、十分精确，犹如幻

---

[1] 译文此处有译者主万先生的注释，引用如下：拉丁文，夜晚的马儿啊，你慢慢地跑！这里是双关语，是直译。英文"噩梦"是nightmare，分为两字，即"夜晚"（night）和"母马"（mare），所以下文说，"噩梦，……"。这句拉丁文出自古罗马诗人奥维德的《爱经》。

景似的向前滑行，像一张漂浮在路上的魔毯。[1]

The driver behind me, with his stuffed shoulders and Trappish mustache, looked like a display dummy, and his convertible seemed to move only because an invisible rope of silent silk connected it with our shabby vehicle. We were many times weaker than his splendid, lacquered machine, so that I did not even attempt to outspeed him. O lente currite noctis equi! O softly run, nightmares! We climbed long grades and rolled downhill again, and heeded speed limits, and spared slow children, and reproduced in sweeping terms the black wiggles of curves on their yellow shields, and no matter how and where we drove, the enchanted interspace slid on intact, mathematical, mirage-like, the viatic counterpart of a magic carpet.

乍一看，这段话跟厄普代克那段并无太大差别。它具有类似的文学自觉，对细节同样孜孜以求。此外，纳博科夫对文字音效的敏感，与厄普代克如出一辙。至于二者的不同，其一便是，前者的文字带有游戏意味，仿佛在笑自己高雅过了头。读者隐约感到，

1　主万译：《洛丽塔》，上海：上海译文出版社，2005 年，第 348-349 页，引用时略有改动。

198 　　叙述者亨伯特·亨伯特这是在自嘲。"亨伯特·亨伯特"这个荒唐的名字本身就是拿他取笑。汽车"从容不迫地将黄色路牌上曲里拐弯的黑色曲线——重新描过",这句话明摆着是在搞笑,意思是说,汽车依照路牌上标记的曲线沿公路蜿蜒行驶;同是蜿蜒的线条,后者的规模可要大得多。亨伯特别具一格地将奥维德的"noctis equi(暗夜中的马)"误译为"nightmare(噩梦)",意在制造微妙的文字游戏。

　　描述美国高速公路上驾车的日常行为,却用了圆柔考究的语言("无形无声的丝绳""华美、喷漆的汽车"),此种反差颇有喜剧感。这是一种矫揉造作的写作风格,也就是说,它过于精致,那份优雅是装出来的;然而,这段文字却不令人反感,究其原因,大致有三:一是它有着温和的戏谑;二是它有着反讽的自觉;三是它成为叙述者悲催的补偿手段,以缓和他卑劣行径造成的窘境——车上有他成功劫持的小女孩,他中年欲望的对象。两车间的高速公路成为"中了魔法的间距,……像一张漂浮在路上的魔毯(enchanted interspace,... the viatic counterpart of a magic carpet)"("viatic"源自拉丁语"道路"一词)。请注意,"counter-part"中的"c"与"p"在"carpet"中回响。这种精巧而略显夸张的文学语言,只属于亨伯特·亨伯特,本书教养良好的老派叙述者。对洛丽塔的性追逐,让他一头扎入美利坚的日常文化图景,而此种语言则标出了他与这图景间的反讽距离。他清醒地认识到,自己

这样一个高傲的欧洲学者，游荡在满是汉堡店和廉价
汽车旅馆的荒漠中，是多么可悲、可鄙、可怜。他与　　199
周围环境的这种紧张关系，就反映在小说的文风中。

高傲归高傲，亨伯特最终还是朝情敌奎尔蒂连开
数枪，将其击毙。那番场景令人震撼，值得大段引用：

> 我的下一发子弹打中了他的胁部，他从椅子
> 上一下子跳起来，越升越高，样子看上去就像年
> 纪衰老、头发花白的疯狂的尼金斯基[1]，像忠老泉[2]，
> 像我过去的一场噩梦，等到升到惊人的高度，至
> 少看上去是这样，他划破了空气——空气里仍然
> 颤动着那宏大、深沉的乐声——发出一声嚎叫，
> 脑袋向后仰着，一只手紧紧按着脑门，另一只手
> 抓住胳肢窝，仿佛遭到大黄蜂的叮咬，往下落到
> 地上，很快站住，又成了一个穿着浴衣的正常的
> 人，急急匆匆地跑进外面的门厅……
>
> 突然，他开始走上宽阔的楼梯，神态庄严，
> 有些阴郁。我换了方位，实际并没有追他上楼，
> 而是迅速地朝他一连开了三四枪，每次都伤着了
> 他；每次我打中他，对他干了这件可怕的事儿以
> 后，他的脸就滑稽可笑地抽动一下，好像是在夸
> 张疼痛；他慢下步子，眼睛转了几转就半闭上，

1　尼金斯基（Vaslav Nijinsky, 1889-1950）：波兰血统的俄国芭蕾演员和编导。在
二十世纪的芭蕾史上，素有"最伟大的男演员"之誉。
2　Old Faithful, 美国黄石国家公园的一处著名间歇泉。

发出一个女人似的声音："啊！"每次只要一颗子
弹打中了他，他就浑身抖动，好像我在挠他痒痒；
每次我用那些缓慢、笨拙、盲目的子弹打中他的
时候，他总用虚假的英国腔低声说道——同时一
直剧烈地抽搐、颤抖、假笑着，尽管如此，却仍
用一种奇特的超然甚至亲切的态度说道："噢，这
下可真够呛，先生！噢，这下伤得可真厉害，亲
爱的朋友。恳请你住手吧。噢——很疼，很疼，
真的……"[1]

*My next bullet caught him somewhere in the
side, and he rose from his chair higher and higher,
like old, gray, mad Nijinski, like Old Faithful,
like some old nightmare of mine, to a phenomenal
altitude, or so it seemed, as he rent the air—still
shaking with the rich black music—head thrown
back in a howl, hand pressed to his brow, and with
his other hand clutching his armpit as if stung by
a hornet, down he came on his heels and, again a
normal robed man, scurried out into the hall...*

*Suddenly dignified, and somewhat morose, he
started to walk up the broad stairs, and, shifting
my position, but not actually following him up the*

1　主万译：《洛丽塔》，上海：上海译文出版社，2005年，第485-486页，引用时略
作改动。

steps, I fired three or four times in quick succession, wounding him at every blaze; and every time I did it to him, that horrible thing to him, his face would twitch in an absurd clownish manner, as if he were exaggerating the pain; he slowed down, rolled his eyes half closing them and made a feminine "ah!" and he shivered every time a bullet hit him as if I were tickling him, and every time I got him with those slow, clumsy, blind bullets of mine, he would say under his breath, with a phoney British accent—all the while dreadfully twitching, shivering, smirking, but withal talking in a curiously detached and even amiable manner: "Ah, that hurts, sir, enough! Ah, that hurts atrociously, my dear fellow. I pray you, desist. Ah—very painful, very painful, indeed ..."

这可不是 OK 畜栏枪战[1]。相反的，这是英语文学史 200 上最为离奇的谋杀场面之一，离奇得令人心神不宁。之所以离奇，是因为奎尔蒂遭枪击时那造作到荒谬的反应。这位受害者仿佛在为观众表演，而小说本身亦是在表演。血都流到楼梯上了，他居然还能装出一口英国腔。前一段引文中，纳博科夫带着反讽，饶有兴味地将

1　OK Corral 枪战是美国拓荒时代西部经典的枪战。

自己的风格与笔下描写的场景拉开了距离；同样，即便在叙述者的枪子儿撕裂他身体时，奎尔蒂也不肯放弃脸上的假笑与嘴里恭敬而古雅的词语（"恳请你住手吧"[1]）。两段文字中，现实与其表现形式间存在着反差。

叙述者的风格与遇害者本人一样，都与这场血腥事件拉开了距离。愤怒与绝望驱使他杀戮，而他描述这一事件的语言却局促而空泛（"升到惊人的高度"），这种对比着实惊人。就在他接连开火击中对头时，居然还忍不住卖弄见识，拿著名的俄罗斯舞者（"就像年纪衰老、头发花白的疯狂的尼金斯基"）打比方。奎尔蒂中弹后身体弹起，那姿势给风趣地比作优雅的芭蕾腾跃；同样，这段描写也将卑劣的杀戮变成了至为高雅的艺术。我们注意到，轻描淡写的四个字"有些阴郁"透着喜剧感，甚为精彩，仿佛奎尔蒂虽身中数弹，却只感到有些沮丧。"好像我在挠他痒痒"（as if I were tickling him）是另一个轻描淡写的绝佳例子。这段文字最令人惊讶的也许是，英语竟然不是作者的母语。

纳博科夫的作品具有十足的"文学味儿"，却绝无堆砌之嫌，或者说，绝无压迫逼仄之感。美国作家卡罗尔·希希兹的文风同样"文学味儿"十足，不过更为内敛。下面这段选自她的小说《爱情共和国》，女主人公费伊·麦克劳德是一位研究美人鱼的女权主义学者：

1　"I pray you, desist"，其中的 pray 与 desist 的用法较为古雅。

　　几年前，一个叫莫里斯·克罗格的男人送给费伊一座因纽特人雕的美人鱼像，胖乎乎、乐呵呵的，侧身而卧，粗壮的肘部支撑着躯体。材质是高度抛光的灰色滑石，极短的尾巴傲慢地一摆，翘了起来……

　　要说美人鱼的尾巴，可谓形态万千，有的远高于腰际，有的从胯部摇曳而出，有的自腿部起分为两股。它们要么覆着银色鳞片，要么点缀着波纹状的皮下脂肪团。美人鱼的尾巴有些生得敷衍，有些硕大而卷曲，像是龙尾或蛇尾，抑或严重扭曲的阴茎。这些尾巴紧实有力，不可被插入，而且能给予身体强大的前冲力。美人鱼的身体坚硬，皮肤坚韧，难以摧毁，而人的身体就像蛋白酥一样不堪一击。

A few years ago a man called Morris Kroger gave Fay a small Inuit carving, a mermaid figure, fattish and cheerful, lying on her side propped up by her own thick muscled elbow. It is made of highly polished gray soapstone, and its rather stunted tail curls upward in an insolent flick...

In the matter of mermaid tails there is enormous variation. Tails may start well above the waist, flow out of the hips, or extend in a double set from the legs themselves. They're silvery with scales or dimpled with what looks like a watery form of cellulite. A mermaid's tail can be perfunctory or hugely long and coiled, suggesting a dragon's tail, or a serpent's, or a ferocious writhing penis. These tails are packed, muscular, impenetrable, and give powerful thrust to the whole of the body. Mermaid bodies are hard, rubbery, and indestructible, whereas human bodies are as easily shattered as meringues.

这段文字展现出顶级的文学技巧，却无过度突出自己之嫌。它做到了既富于诗意，又明白晓畅。这部分因为其意象塑造极为精妙，而语气却相当随和低调。"它们要么覆着银色鳞片，要么点缀着波纹状的皮下脂肪团"这句话充满了细腻的想象，尤其是"波纹状"（dimpled[1]）一词以及"皮下脂肪团"这个新颖的意象。美人鱼有皮下脂肪团这个恶作剧式说法，一下子将这神秘的生灵拉到我们凡人的层次。"胖乎乎、乐呵呵"同样显得唐突无礼。然而，不难想象，在日常交谈中，我们有可能听到关于皮下脂肪团的那句话（请留意"they're"[2]这个口语表达），虽然多半是在大学的教师休息室，而非保龄球馆。

202

---

1 "dimple"在英文中意为"酒窝"，但作为动词时，有"ripple or break into ripples"（起波纹）之意，如"a little stream that ran dimpling all the way"，请参见《韦氏英语大辞典》"dimple"词条。

2 这是"they are"在口语中的缩略。

　　"极短的尾巴傲慢地一摆，翘了起来"具有简洁的美感，字字力透纸背。"傲慢"（insolent）更是令人惊喜的一笔。或许美人鱼的竖尾巴，就是我们竖中指的意思。抑或，尾巴之所以显出傲慢，是因为美人鱼看到人居然希望它的尾巴更丰满、更颀长，便打心眼儿里瞧不上。乍一看，小说把美人鱼的尾巴比作严重扭曲的阴茎，似乎太过傲慢：明明在描写雌性的身体，为何要扯上雄性生殖器。"紧实""有力""坚硬""强大的前冲力"也有这种嫌疑，但"不可被插入"却令人始料未及。此处呈现给我们的是一种矛盾：插入的器官本身不可被插入。美人鱼是有着阴茎状尾巴的雌性动物，可正因为其尾巴状如插入性器官，所以她们在性行为中便不可被插入。小说接着说，她们是无性别的，"身上没有供进出的雌性生殖道"（there being no feminine passage for ingress and egress）。（这一表达使用了医学语言，说明费伊撰写的是研究美人鱼的学术论文。这些词汇常见诸笔端，几乎不用于口语。）由于"美人鱼的身体坚硬，皮肤坚韧，难以摧毁"，她们便以强壮女性的形象出现在世人眼中。有人会说，美人鱼与某些激进女权主义者的区别在于，前者不能被插入，而后者不屑被插入。然而，女人也是人，人的躯体"像蛋白酥一样不堪一击"，所以女人既孱弱又强大。蛋白酥这一意象再一次体现出惊人的想象力。身体就像蛋白酥，甜美而脆弱，随便一捏，便会碎烂成渣。人虽然是宝贵的，但就像无价值的物品，等闲便

203

会碎裂。费伊本人也一样，既充满生气，又不堪一击。

*　*　*

且容我暂时放下小说，转而讨论诗歌。下面的诗行选自阿尔杰农·查尔斯·斯温伯恩[1]的诗剧《阿塔兰忒在卡吕登》：

> 涨满的溪流漫上灯芯草的花朵，
> 茂盛的草使走动的脚难迈步子，
> 年轻岁月那种幽幽的鲜艳的火，
> 从叶燎红了花，从花燎红了果实；
> 而果实和叶儿既像火又像黄金，
> 而那燕麦秆的哨子响过了诗琴，
> 而风流的森林之神的后蹄在跺，
> 跺碎了栗树树根处的硬壳栗子。[2]

> *The full streams feed on flower of rushes,*
> *Ripe grasses trammel a travelling foot,*
> *The faint fresh flame of the young year flushes*
> *From leaf to flower and flower to fruit;*
> *And fruit and leaf are as gold and fire,*

1　阿尔杰农·查尔斯·斯温伯恩（1837-1909）：英国维多利亚时代诗人。王佐良先生在《英国诗史》中说，司文朋"诗艺成熟，掌握各种格律，下笔达到不能自休的流利程度"，"师事雪莱，实际上更崇拜法国的雨果和波德莱尔"。见王佐良著《英国诗史》，南京：译林出版社，1993年，第393-394页。

2　黄杲炘译，引自王佐良主编《英国诗选》，上海：上海译文出版社，1988年，第523页，引用时略有改动。

And the oat is heard above the lyre,

And the hoofèd heel of a satyr crushes

The chestnut-husk at the chestnut-root.

这诗行散发着令人窒息的美，但这美是朦胧的，语言造就了视觉模糊。一切过于甜蜜，过于抒情，过于黏腻。无一物能够看得真切，为了音效，一切均义无反顾地舍弃。这节诗充斥着反复与头韵，这样的荒唐在"年轻岁月那种幽幽的鲜艳的火"（The faint fresh flame of the young year flushes）一句中算是登峰造极了[1]。这一描写八成是为了营造响亮的音乐效果。每个词组都着意凸显"诗意"。"茂盛的草使走动的脚难迈步子"是个花哨的表达，意思不过是行走时青草绊住了脚。诗句的口吻太过狂热，而语言却甚为单调。这些诗行看似熠熠生辉，实则脆弱易碎[2]。给人的感觉是，只需一丝现实的微风，便能将这脆弱的诗句吹落尘埃。

尽管情感如火，斯温伯恩的语言却至为抽象。他所用名词如"叶""花""果实"及"火"都流于空泛，毫无切近的描写。我们且拿艾米·洛威尔诗《风向标指向南方》中的一段做个对比：

204

1　这句话中 9 个单词，其中 4 个以"f"、2 个以"y"开头，是典型的头韵（alliteration）。

2　宋朝词人张炎在《词源》中评价词人吴文英时说，"吴梦窗词，如七宝楼台，眩人眼目，碎拆下来，不成片段"，与本书作者此处对斯温伯恩此诗的评价有异曲同工之妙。

白色的花

像蜡，像玉，像纯色的玛瑙；

表面冰莹的花

投下暗红的淡影。

遍寻世上的花园，可有这样的花朵？

繁星的光穿过紫丁香的叶

注视着你。

低垂的月的清辉将你照亮。

White flower

Flower of wax, of jade, of unstreaked agate;

Flower of surfaces of ice,

With shadows faintly crimson.

Where in all the garden is there such a flower?

The stars crowd through the lilac leaves

To look at you.

The low moon brightens you with silver.

  诗人的眼睛始终紧盯着描写的对象。诗行间回荡着惊叹与赞美，但这情绪被精准描写的要求所克制。"繁星的光穿过紫丁香的叶 / 注视着你"是想象力的小小放纵，此外，它并未越过现实的雷池一步。"低垂的月的清辉将你照亮"似乎是说，月亮在向花朵致敬，可就算是幻想，这也是符合事实的描述。斯温伯恩的诗充满着催眠般的节奏反复，串联起音节繁复的词组，而洛威尔的节奏紧凑而有节制。她的诗歌语言简练而内敛。虽然花朵的美丽触动了她，她也不肯失去冷静。斯温伯恩的诗风风风火火、踉踉跄跄地前冲，而洛威尔对所用词组则逐一掂量权衡。

不妨以一位地位稳固的诗人来结束本书。事实上，对于他作品的价值，几乎是众口一词，以至于无人怀疑，他的大名将永垂诗史。文学选集对他的诗歌多有收录，令他稳稳跻身于兰波、普希金等不朽诗人之列，而且，他的诗名也从未经历某些同辈诗人的大起大落。我指的是十九世纪苏格兰诗人威廉·麦戈纳格尔，公认有史以来最糟糕的作家之一。下面的片段选自他的《银色泰河上的铁路桥》[1]：

> 美丽的新铁路桥飞架银色泰河上，
> 你结实的桥墩与支墩竟如此雄壮；
> 十三根中心铁梁映在我的眼中，
> 强壮得足以抵御一切暴雨狂风。

> 心中充满欢欣我盯着你观瞧，
> 你是当今最为雄伟的铁路桥；
> 几里外就目睹你身姿的魁伟，
> 无论从泰河的东南或是西北。

1　作者的记忆似有误。这个片段出自诗人另一首诗，题为 *"An Address to the New Tay Bridge"*，而非《银色泰河上的铁路桥》(*Railway Bridge of the Silvery Tay*)。泰河（Tay River）是苏格兰最长的河流。

美丽的新铁路桥飞架银色泰河上，
你那美丽的侧屏沿铁轨铺就屏障；
狂风劲吹时有它来护卫，
列车车厢便不会被吹飞。

Beautiful new railway bridge of the Silvery Tay,
With your strong brick piers and buttresses in so grand array,
And your thirteen central girders, which seem to my eye
Strong enough all windy storms to defy.

And as I gaze upon thee my heart feels gay,
Because thou are the greatest railway bridge of the present day,
And can be seen for miles away
From north, south, east, or west of the Tay...

Beautiful new railway bridge of the Silvery Tay,
With thy beautiful side-screens along your railway,
Which will be a great protection on a windy day,
So as the railway carriages won't be blown away...

这世上平庸的诗人满街都是，但要与麦戈纳格尔这般成就一较高低，就得无能到感天动地。糟糕到令人无法忘怀，只是寥寥数人的特权。他竟然能毫不动摇地坚守最低劣的标准。说真的，他绝对可以自负地宣称，他做到了行行都是惊人句。若有人问，真的有人明知自己写得糟还硬要写吗？答案是不言自喻的。就像电视选秀节目中能力平平的表演者，糟就糟在不知道自己有多糟。

206

然而，一个恼人的问题并未解决。试想一下，在遥远的未来有那么一个社群，人们依旧使用英语，但是由于某些重大的历史变革，其音色与规范已与如今的英语大相径庭。也许"几里外就目睹你身姿的魁伟"这样的表达听上去并非蹩脚得出奇；韵脚"Tay""railway""day""away"的重复也不那么荒唐；"你结实的桥墩与支墩竟如此雄壮"这等节奏笨拙的大白话竟会有相当的魅力。既然塞缪尔·约翰逊能吐槽莎士比亚某些最新颖的意象，难道麦戈纳格尔就毫无胜算，终究不能成为世人敬仰的重要诗人？

索 引

（词条后的页码为原书页码，即本书边码。）

译后记

关于文学的读法，向来有人有话要说，其中不乏大家通人，二三流角色更是不胜枚举。其中，慧眼卓识者欲指点迷津、拨乱反正，往往引人探幽揽胜，有胜读十年书之叹；自诩高明者则侃侃而谈、夸夸自矜，一番热闹过后，听者虽意犹未尽，却是心得全无。故辨别良莠，实乃用心之读者必下之功，而辨别之捷径之一，便是著者之文名，虽非百分之百可靠，却大抵令人放心。

大家著小书，至少当今之世，东西方皆有显例。在中国，有《大家小书》系列；在西方，有《牛津通识系列》。就小说而言，便有大卫·洛奇之《小说的艺术》（米兰·昆德拉亦有同名作品）、詹姆斯·伍德的《小说机杼》、托马斯·福斯特的《如何阅读一本小说》等大家之作；往前回溯，尚有亨利·詹姆斯、E.M.福斯特等人的经典。其他文类的各种指南书籍，亦不在少数，久负盛名的便有布鲁克斯和沃伦的《理解诗歌》。在科学领域，大师们同样重视写作科普小书，以启迪民智，点燃探究之兴趣；如洛伦·艾斯利（Loren

Eiseley），融科学家的分析与艺术家的直觉于一体，激发青少年对自然之谜的探究之心，其功莫大矣！

当今世界，知识浩若烟海，生活节奏飞快，读书渐渐沦落为快餐行为。正如伊格尔顿在前言中所道，"尼采称为'慢读'的悠久传统，正面临悄然没落的危险"。可以想见，严肃作者呕心沥血精心炮制的"大餐"，却被人三下五除二当成薯条炸鸡，猪八戒吃人参果般暴殄天物，岂不令人痛惜。此外，即便读者乐于深入探究书中奥秘，也因自身和教育的缘故，往往无法得其门而入。面对这番令人堪忧的文化图景，身为大批评家的伊格尔顿甘冒遭人诟病的危险（西方有人对写 How to 类书籍的人嗤之以鼻），以自身细读的丰富经验，引导读者进入文学的迷宫圣殿，深刻认识文学分析的美妙，期待这种滋养心灵的宝贵行为，能够成为更多读者的自觉追求，成为日渐荒芜的文化沙漠中汩汩涌动的生命之泉。我相信，在伊格尔顿看来，对文学的敏感与迷醉，是一个文明最具人性的部分。无论科学技术如何进步，无论物质生活如何光鲜，缺乏细致入微的文学感受力，人的存在便有着重大的缺憾。由这样的人构成的世界，不是人类真正的家园。

歌德说，理论是灰色的，唯生命之树常青。这话有一定道理，但并不绝对。理论能带来深刻的洞见，从而令实践者更深入更细致地理解客体。伊格尔顿深谙文学及文化理论，所以能够在具体小说、诗歌、戏剧乃至童谣片段中，窥见普通读者无法意识到的曲折与盛景。他的每一次解读，无论妥帖还是牵强，都能令人看到前所未有的可能性，激发读者的探究之心，我想这便是他的目的。

最后谈谈翻译。本书此前已有两个中译本，一是范浩的《文学阅读指南》(河南大学出版社，2015)，二是黄煜文的《如何阅读文学》(台北：商周，2014)。二者各有千秋，范译活泼灵动，黄译典雅稳重。翻译过程中，于推敲之时，我也多曾参考，在此一并致谢！此外，伊格尔顿所引文学作品片段，除译者本人自译外，皆参照了国内现有优秀译本，并予以标注，在此也一并致谢！凡作者所引片段，皆附上英文原文，便于读者参照思考。严复曰，译事三难"信达雅"。具体到文本翻译，"三难"便化作无数个拦路虎，若想克之，其中甘苦，不可为外人道。试举一例。本书中援引詹姆斯《鸽翼》一段文字，殊难解读，范浩女士也于脚注中加以说明。我参照了此前二译，并参考了该书德译本的相关段落，均未得到满意的理解。虽然多年来一直啃读《鸽翼》一书，我的解读依然无法令自己满意。遂照目前理解译出，不当之处，还请方家通人不吝赐教。翻译一事，从不简单，一词一句，如不精心，皆可成为陷阱。作为译者，即便处处小心，也难免无意识中跌落下去。唯望不致太过频繁，弄得文本与自己遍体鳞伤，令读者侧目皱眉。如有错误，但求批评，不敢奢望见谅！

吴文权

出版后记

　　《文学的读法》（*How to Read Literature*）是由当代著名的文学评论大家特里·伊格尔顿所著，面向广大读者的雅俗共赏的小书。

　　是什么决定了一部文学作品的好坏？读者如何去解读？针对常见而又令人疑惑的问题，作者给出了极具洞察力的解答。在一系列精彩的分析中，伊格尔顿展示了在阅读文学作品时需要注意的语气、节奏、质地、句法、典故、歧义等方面。他还研究了人物、情节、叙事、创造性想象力、虚构性的意义以及文学作品说什么和表现什么之间的紧张关系等更广泛的问题。作者对古典主义、浪漫主义、现代主义和后现代主义进行了有益的评论，并对从莎士比亚到 J.K. 罗琳，简·奥斯汀到塞缪尔·贝克特等众多作家提出了独到的见解。本书是初学文学的学生和所有其他有兴趣丰富阅读体验的读者的首选之作。

　　我国文学读者对于特里·伊格尔顿已很熟悉，从20 世纪 80 年代至今，几十年来，他笔耕不辍，陆续出版了《意识形态导论》《后现代主义的幻象》《甜蜜的暴力》《理论之后》《英国小说》《诗歌的读法》《陌生人的麻烦》《神圣的恐怖》《生命的意义》《马克思为什么是对的》《论邪恶》《文学事件》《文学的读法》《文化与上帝之死》《文化》《论唯物主义》《极端的牺牲》《幽默》等作品，其批评视野与创作活力，令人叹为观止。

　　歌德曾说，理论是灰色的，唯生命之树常青。正如译者所指出，对文学的敏感与迷醉，是一个文明最具人性的部分。我们希望通过出版《文学的读法》，能为读者带来一些智性上的提升与审美的乐趣，感受文学的魅力。

　　服务热线：133-6631-2326　　188-1142-1266
　　服务信箱：reader@hinabook.com

2021 年 8 月 10 日